大海总在寻找自己的源头

许海钦 ◎ 著

长江出版传媒 ｜ 长江文艺出版社

作者简介

许海钦，20世纪60年代生于东山县澳角村，现为福建省作家协会会员、漳州市诗歌协会副会长、东山县作家协会副主席，福建东山海源水产有限公司董事长。2008年出版诗集《蓝色血液》，2014年出版诗集《守望那片海》，2015年策划出版《澳角诗集》，2019年1月主编出版《东山诗人》，2019年4月主编出版《澳角的海》，2019年9月出版诗文集《心海涛声》，2022年9月出版诗集《让大海反哺每一条河流》，2023年4月主编出版诗文合集《看海的人》。如今，写诗，签发公司文件，用的是同一支笔。

—— 大海养育了我，又折磨过我

诗意的源头

海钦兄又要出版诗集了，依然以海之名，书名就叫"大海总在寻找自己的源头"。

今年 4 月，海钦兄在微信里给我发了潮州一个生态园的定位，说晚上临时被朋友邀约来这里吃饭，问我有没有空一起。我答应了。我从潮州毗邻的汕头出发，他从广东毗邻的福建出发，实际上他比我先到。距离如此之近，但由于众所周知的原因，我们已经三年多没见面了。再次见到海钦兄，他依旧那么健朗、沉稳，仿佛近几年事业上的波折丝毫没有影响到他；谈起诗歌、谈起澳角的时候，他还是那么自然而然地热情、澎湃。他那双不大的眼睛里，蓄满了光芒。

那一刻，我又想起澳角的山和海。

想起澳角，想起那个月牙形海湾夹峙的渔村，一个四百年前"一只被风浪打断肋骨的渔船"所延生的渔村。

想起澳角，想起澳角的海上龙、虎、狮、象四座岛屿，想起那座"海上动物园"。

想起澳角，想起马头山下鬼斧神工的海蚀洞，那是海水经年累月的杰作，五彩斑斓，诗意梦幻。

想起澳角，想起妈祖庙顶的瓷雕，飞禽走兽、花鸟虫鱼、人物故事，精美绝伦地诉说着闽南的乡风民俗。

想起澳角，想起那脉当年滋养了创村渔民的清泉，还有那片泉水流经身旁的古榕树林，还有落日余晖中，迎着海风兀自绽放橙色光芒的刺桐花……

想起澳角，更会想起那座小木屋——海源公司"执着于企业文化"七个大字正面映照着的小木屋。在小木屋里，或者在屋外三角梅掩映的石径上，或者在写满澳角诗篇的诗歌长廊边，经常有一个健朗的身影，或翻阅诗集，或品茶听曲，或行吟作诗，那是闲下来的海钦兄。

海钦兄在自己的简介里写道："写诗，签发公司文件，用的是同一支笔。"是啊，海钦兄是成功的企业家，也是一个"动不动就写诗"的人。但他所写，却并非日记式的或者节气时令式的套路作品，他所触及的一物、一人、一事，都可能在他笔下及时流淌出来，并附着他的鲜明色彩。我常常好奇，作为"还没读完小学的全部课程，就一脚迈入生活的大学"的海钦兄，能做到随时命题而作，且几乎很多作品都旨意鲜明、情感自然，更重要的是都能流淌出朴实的诗意，这些诗意的源头究竟在哪里？

海钦兄写过数不清的关于大海的诗篇，他编著的作品集，名字几乎都包含"海"字，如《心海涛声》《让大海反哺每一条河流》《看海的人》，包括《蓝色血液》，实际上也是"海"的生动比喻……他的名字，他公司的名字，也都带"海"字。而在我的印象中，海钦兄确实是最懂大海的人，至少，他最懂澳角的海。

他曾当面跟我们讲述过少年时随村里的老渔民出海捕鱼的经历，那些风浪、那些作业，他都能一一描述出动人的细节。更有甚者，他能为你娓娓道出澳角的历史，尤其是与大海有关的历史，而且，他以此创作出了长达400多行的长诗——《澳角的海》，受这首诗的触动，我曾写下7000多字的读后感，进一步领略了海钦兄对于澳角的海的深情与厚意。

关于大海，海钦兄有这么一个自得的诗句："大海养育了我，又折磨过我"。这句诗富有张力而真实，读来倍感亲切，一如海钦兄之为人：朴实而真挚，让人一见就倍感亲切。而最让我们动容的，是他的另一个诗句：

"让大海反哺每一条河流"。这句话成了他去年（2022年）
出版的诗集名字，而现在这本诗集名为"大海总在寻找
自己的源头"，巧妙地与之呼应，此二者，实为海钦兄
最真实的愿景与心声。大海总在寻找自己的源头，而大海，
恰是海钦兄诗意发生的浩瀚泉眼。生在海边，长在海边，
创业在海边，公司产品也是海产品……这一切，构成了
海钦兄与大海融为一体并形成互文的真实镜像。难怪很
多人来澳角，必去海源公司后花园的小木屋；而一提起
澳角，总绕不开海钦兄，绕不开海钦兄深情讲述的那些
故事。

　　海钦兄写大海，也写"阿婆的梅树"："一个老人，
用自己的骨骼／为一朵朵梅花修筑一座座温房／在这里，
每当诞生一颗青梅／都在诞生一个年代"。这样的诗句，
是海钦兄用情深触其中流淌出来的，却为我们修筑起一
座诗意的暖房，让人印象分外深刻。这里的"阿婆"，实
际上只是海钦兄采风时遇见的一位老人，之前素不相识。
海钦兄葆有一颗悲悯之心，他曾经用自学而精到的摄影
技术，为身边遇见的许多老人留下让人动容的身影。指
着摄影集为我们介绍时，海钦兄神情肃穆地说，这些身影，
如果不通过相机留下来，以后就见不到了，那是历史的
一部分啊！那一刻，我们明白了为什么海钦兄那么熟悉
澳角的历史。

　　他是一个生活的有心人，他用影像和诗句记录着日常生活的点滴，也记录旅途中的风景。他常被一山一水、一草一木吸引，流出诗情，留下诗篇：在周庄，"揣着你的呼吸前行／拥有今生最初和最后的心跳／我分离出诗人的影子／流放在无眠的周庄"；他在"云水谣夜歌"，"我们大声地朗诵诗歌，语词全部落水／溪水顷刻哗哗作响／一个红发蓝眼的欧洲女人坐在河岸发呆／千年古榕看着微笑"；他用"趁着夜色／我要把武夷山的溪流折叠起来／托心帆带回大海"深情表白武夷山……

　　他更是一个乐于担当的深情人！他的担当，我印象最深刻的，是在过去几年艰难的岁月中，他宁可自己负债，也不轻易让厂里的工人下岗。他说，我不能因为自己的困难，让那么多普通家庭受难！很多年来，他主动承办了多次不同档次和级别的笔会、活动，他总是用一种大海一般广博的胸怀，接纳着大家的到来，又用浪花一般纯洁的笑容，感染着每一个到来的人……如此种种，都成了"让大海反哺每一条河流"这个经典诗句的生动注脚！于是，来自五湖四海的文朋诗友留下了长达几十万字的诗文，这些作品，无不是这些诗文的作者主动献给澳角、献给小木屋、献给海钦兄的礼物。

　　人间多情，在海钦兄的笔下，真就处处留下了一个多情的人间。他的诗，写给大海，写给老人，写给诗人，也写给小孩，写给亲友……读完《我能不心动吗》全诗，我们才恍然：这是他在好友林茶居的婚礼上的"心动"，是对好友"有情人终成眷属"的美好祝愿！人间所遇，触景动容，于是，常常流淌为海钦兄笔下真挚的文字和朴实的诗意。

连续很多年的春节和中秋节，亲友们总会收到海钦兄的短信，后来是微信。他习惯在每年的这两个最重要的中国传统节日用写诗的方式向亲友发送问候，内容却并非我们司空见惯的寒暄。

每逢节日必写诗，这是很多"写诗人"的习惯，但在我的阅读印象中，有太多的人年年在自我重复：春节总离不开年夜饭、春晚和烟花，中秋节总忘不了嫦娥和苏轼。年年节节，他们总在用旧瓶装旧酒。海钦兄很多年来所写的这些节日诗，却几无重复。能做到这一点，是因为海钦兄与时俱进：无论是春节还是中秋节，除了略微用节日的气氛切入或点染之外，他诗写的绝大部分内容都是当年、当季的社会时事乃至国际新闻。如此一来，年年春节诗，事事不一样；岁岁中秋节，句句不相同。他比很多人更自觉地避开了这类作品的自我同质化。他的眼睛虽然不大，但目光足够深邃，视界足够宽广，他时刻关注着澳角之外的社会，分秒感受着时代的脉搏，所以他能够把自己公司的海产品畅销远洋。在很多人手机里被当作消遣的新闻碎片，在海钦兄的节日诗中，却鲜活成新奇的诗句。新闻时事，成了海钦兄诗意的汩汩之泉。

当下很多人写诗，已经很少直接用"爱"字表达情意了。海钦兄在自己的诗篇中，却从不忌讳直接示"爱"，貌似笨拙，实则真切。

在这本诗集的同名诗《大海总在寻找自己的源头》中，他说"从今以后，用大海的宽度去爱／我是无垠之人，一呼一吸／融入身心，成为命数"。"用大海的宽度去爱""成为命数"，如果掐头去尾这样组合起来，我们瞬间就明白了：海钦兄真就是这么一个"无垠之人"。

流连澳角海蚀洞，他感慨"这里的每一块石头都与大海一样古老／在我们出生前／它就有着不动声色，澎湃的爱／如眼前的夕阳／寂寞无声地爱着大海"（《澳角海蚀洞》）。石头的爱，"不动声色"而"澎湃"，实际上，这让我想起海钦兄的本色——他也是这样一个不动声色而澎湃的人。不动声色如山，澎湃如海，一如我为他的长诗《澳角的海》写的读后感篇名："山海之间，浪花奏出和声"。我想，石头见海钦兄，亦作如是想。

在青草苑，"此刻，我与你静默对视／从这里打听水脉的源头／我的人生从此拓展／拓展大海爱的宽度"（《青草苑情思》）。从"用大海的宽度去爱"到"拓展大海爱的宽度"，海钦兄完成了一个神一般的递进，大海的宽度那般的爱已经足够让人无尽神往，"拓展大海爱的宽度"，"无垠之人"升华成"无垠之爱"。

爱是诗意的同义词。我想，无论是大海、山川，还是人间、世界，之所以能激流海钦兄的诗意泉眼，其更深处的源头，是爱。如果不是爱，"大海"不会成为他文字里的常客；如果不是爱，一颗青梅如何"诞生一个年代"？如果不是爱，山川不会让他获得皈依领受；如果不是爱，时代风云怎会入眼来？如果不是　爱，大海又何必"总在寻找自己的源头"……

诗意的源头，是爱。无垠之爱，是诗意无尽的源头。

程增寿

2023 年 11 月 17 日午夜

目 录
CONTENTS

向 海 而 歌
XIANG HAI ER GE

螺号声声　003

大海总在寻找自己的源头　008

高铁时代　020

父亲　025

那个春天　027

她怎么没跟你来　029

渔家女　031

澳角海蚀洞　032

小木屋　033

相约小木屋　034

小木屋即景　036

小木屋是一个词语　037

小木屋的月色　038

小木屋说　039

告诉诗人　040

诗人足迹　042

相信大海　045

心 海 春秋

春天的心愿　053

拔节的声响　054

从春天开始　056

春的日子　058

摆渡春天　060

春天来了　062

回到春天　064

羊儿啊！你就慢慢地走　066

春天的河岸　068

春回大地　071

你一直在我的视线里 074

属于春天 077

海的春天 079

笔走岁月，书写春天 081

记得你我 083

祝愿 085

圆满 086

答月 088

一轮圆月 089

月又圆了 091

致圆月 092

珍贵的月光 094

今夜与你相约 096

对话圆月 098

今夜，今夜 101

又到了你的眼前 104

海上生明月 106

中秋圆月 109

与月亮 111

被圆月照着 113

今夜，我们与圆月有了语言 115

山 海 人 间

SHAN HAI REN JIAN

大海边，梧桐树下　119

今夜，云水谣正在分娩　122

请不要把我们忘记　124

给周庄　127

江南采风　128

戏水的孩子　134

云水谣夜歌　136

给揭阳　139

青梅之约　141

印象新安江　145

黄山，给我一个眼神　147

西递的雨　149

当庵山遇到诗人　151

夜游中驰山庄　155

印象港西（组诗）　157

晨风梳着你的白发　161

悼汪国真老师　163

望星空　166

今夜，我在一盏灯下　168

我能不心动吗　170

2017 年的家书　173

年味　175

孩子，你已不能粗枝大叶地成长　177

海鲜猪　179

这个夏天　180

阿婆的梅树　182

复活　184

端午的天问　186

新生　191

又是重阳　192

春节的早晨　193

捶球缘　194

诗会偶拾　197

我问大海　198

美妙的不期而遇　201

致武夷山　203

青草苑情思　205

仅仅是看你　207

问 海 听 涛
_{WEN HAI TING TAO}

海浪沙沙沙 211

故乡的海滩 213

奔腾的浪潮 215

大海也伸出了手掌 217

写诗的女孩 219

心曲 222

心海春潮 224

澳角的海 226

向 海 而 歌

从今以后，用大海的宽度去爱

我是无垠之人，一呼一吸

融入身心，成为命数

许海钦摄影作品

螺号声声

嘟——

浑厚的螺声吹醒了清晨的空寂

金色的阳光弥漫着万顷碧波

辽阔无垠的海与天相接

一只只踏浪的渔船与一张张渔网

漂在深邃湛蓝的原野

有谁见过手持号螺吹醒大海的渔人

这是将大海之魂引入蓝色血液的牧师

这座海需要太多的螺号

有那么多的苦痛，咸浪风干的泪痕

需要它来吟诵

那么多的海兄弟，等待它

招魂归岸

大海有超越星河的欲望

它的执念，传导给鲸鱼与帆船

去迎接鱼汛的到来
那些渔火形成的村落
曾经是谁燃起炊烟

大海总在寻找自己的源头
回溯了亿万年，路越走越长
还好，螺号适时鸣醒海的迷茫
调整各种涛声
将起伏的旋律拓印在蓝色的麦田里

那些最早为海浪排序的鱼类
一直活在渔歌深处
它们始终找不到超生的秘诀
只能成为大海永久的族群

行走在海上的渔船
总是在留意海上疾流漩涡里

漂浮着的海兄弟
最感激的是被海水覆盖的珊瑚礁
从它轻盈的躯干渗出依附的身影
那是与风暴关联的灾难
那是几多沉船几多死难兄弟
沉积在海底的骨殖

这是那个年代的螺号
把一个个沉睡的岛礁唤醒
一群鸥鸟企图掩盖这支千古绝唱
而一片白云证实了螺号的存在

这时，螺号再次响起
也是唯一能将飘荡的亡魂
悉数唤回的祭词
这只螺号，承载着讨海人
多少未竟的心愿

那么多的苦痛，那么多的不甘
那么多的生离死别
以及在绝望中融入海浪的泪水

旧时的船老大都一个样
他们把螺号别在腰间
他们读懂匍匐在波浪上的无字天书
从而向大海索取鱼群的走向

此刻，螺声开始战栗
是海浪与船体碰撞后的震颤
它在催促渔家的传承人
带领你的儿辈们出海去
赶在黑夜的前头
用一根网绳拴住一座海
在风撕浪推的夜
把滚烫的渔火亲手交给薄雾萦绕的黎明

这就是一代代打鱼人
骨血相传的庄严交接

螺号又响起
如果大海困顿
那就让大山来听
越过鸥阵，穿过鸡鸣声堆积的晨霜
聆听波涛深处
灵与肉的回声

2022 年 12 月 30 日

大海总在寻找自己的源头

1.澳角的夜和女人

澳角的夜是黑色的
海的女人头发是黑色的
她们与婴儿的哭声
曾被一个叫吕德安的诗人收入诗行
《澳角的夜和女人》成了他的成名作

那晚的海水是热的
这是大海源头的温度
潜藏着热血的礁石
被那晚婴儿的哭声唤醒
它此刻正在匹配着诗人的灵感

以致多年后
诗人再次来到澳角
我们牵手围绕篝火跳舞

澳角渔村被一群诗人做成雅集
他最初的诗句
还在波浪上漂浮

2. 渔村的前生今世

四百年前
一只被风浪打断肋骨的渔船
漂到了这个海湾
渔船上的人，沉默了很久
恍惚看到了明天的炊烟
一片不见人烟的海岸
从此有了生命

一只海龟领着一只只破壳而出的小龟
从沙滩上爬向海水

如果你不惊动它们
这里永远是它们的栖息地

当一个身穿麻布长衫的女人
赤脚走入草席搭盖的窝棚
双眼发光的男人把渔网铺盖在沙地上
顷刻间，一个渔村的生命庆典
一座海的蓝色血液沸腾了

3.鱼的声音

我听到鱼的声音
那是二十世纪七十年代的海
"嗡——"的声响像是从天而降

年少的我们抬头仰望

船上的老渔民说："红瓜鱼群在叫。"
能够感觉到这声响的形状是波浪形的
可以用一双手去抚摸
它在我们想象的迷宫里
传出的回响

那是海的旋律
那是海的胎音
排钩迅速撒下
一条条咬钩的大黄鱼，鳞光闪闪
拍疼了船舱

每条鱼都是海的使者
它们的形状
就是大海最初的胚胎
来到船舱，黄花鱼叫得更起劲
它们似乎要与我们一问一答

这个声音

就是大海拍打着我们的神经

打鱼人并不缺少分辨率

这鱼的声音就是大海的心声

我们聆听着海的旨意

用一生，阅释海的秘诀

4. 沈开宏和一群红花鱼

小学二年级的同桌

叫沈然达，大我两三岁

长得人高马大，平时没少欺凌我

每到考试前，总与我这个学霸套近乎

那一天，带我去他家

刚好他爷爷打鱼回来

从一个瓷罐拿出一块熟的鳓鱼块
我蹲在他家门槛边第一次吃了那么大的一块鱼
那个诱人的鱼香至今还记忆在脑际里

多年以后，我才知道他爷爷叫沈开宏
是澳角村的渔民首领
十八岁就是大船舵手
解放初期组织渔业互助组
是福建省的第一届劳动模范
他是与黄道周、谷文昌一起
被写入东山县志的典型人物

他的一生被一网红瓜鱼见证着
从一片混浊的海流
辩证着鱼群的游向
巨大的鱼群，燃烧着流烫的火焰
灼疼了生养它的海

他是身怀绝技的海神
当他解开胸前的布纽扣
淋漓的汗水成了最汹涌的浪花
他挥动着旗子，像大海的一只翅膀
一大群红花鱼被三十六艘
敲响船板的小渔船引入一张大渔网
听命于声呐的鱼
游入渔网，就是它们难以捉摸的迷宫

那一天，任性的渔民可以在网袋上行走
二十万斤号叫的红瓜鱼
在大海中托举起一片陆地

渔家总被无数的鱼群牵引过生死
搁置在海滩的招魂幡还没被海浪卷走
哭海的渔妇
又把刚成年的孩子送上渔船

5. 红柴裳

我有一件红柴裳
穿上去就脱不下来
那是明清时代女人的长襟衣服
在一个凌晨被匆忙赶海的男人穿上渔船
斜襟布纽扣缠不到胸前的渔网
从此，流行为讨海人的工作服

十五岁那年
妈妈用做船帆裁剩的帆布
给我做了一件红柴裳
红柴裳是渔家的薪火
在颠簸的渔船上抵御风浪
偶尔帮我裹藏书本

从未想过，我的船舷边溅起的浪花

能开出咸涩的文字
我永远成不了诗人
和我的祖先一样
一生被海水浸透了骨髓
那件红柴裳，带着我
忐忑地走进缪斯的殿堂

6. 大海总在寻找自己的源头

有人问我，为什么千里万里来看海
路的尽头是海
海的尽头是什么

风平浪静柔情似水
滔天巨浪血脉偾张
大海养育了我，又折磨过我

海纳百川，源远流长
大海总在寻找自己的源头
海拔向上，是江水、河水
雪域高原，一条涓细的溪流
奔流到海不复返

人呢？也在寻找自己的源头
时光荏苒，难以溯流而上
商海、宦海、心海、人海
都要回归大海

我从哪里来
又往哪里去
借用离骚天问
给大海做一个课题

7. 月圆时分

新婚三天
新郎出海去打鱼
新娘羞羞地问：
"什么时候回来？"
"月圆就回家。"

不眠的夜晚
新娘焦虑地来到奶奶的床前
"阿嬷，月亮怎么都不圆？"

二十世纪六七十年代
渔村有一个海上作业"电灯捕"
秋分过后，渔船随鱼汛转场广东海域
暗夜鱼儿趋灯，鱼获满满
月明鱼儿望月，渔船打烊

8. 夜里看海

往常，夜里看海

我会撕开夜幕徜徉在汹涌的波涛

节令不同，今晚的海水颜色不一样

周围的景色陌生

海水从大桥下漫开

然后向我们一闪一闪靠拢

仔细仰望，几颗星星诡异地望着我们

我不愿松开臂膀

我怕海风吹走久违的体温

丝丝气息，温柔在这个冬夜

这个画面，让远处的灯光停留

这是大地之恩，也是大海之恩

从今以后，用大海的宽度去爱

我是无垠之人，一呼一吸

融入身心，成为命数

高铁时代

寒冬已过，深藏于内心的热望
化作一道绚丽的彩虹
启动气场强劲的高能光电
在多纬度的对流中
漂洒一片明亮的星火

一个搭乘高铁的诗人
他让诗歌伴随着疾速飞驰的车轮
飞过一座座色彩斑斓的城市
越过一个个美丽的村庄
这是用时速 350 公里打开的诗行
这是用激情书写豪迈的词语

高铁，从一带一路的起点出发
向神州大地，向世界原野
跋涉，攀登，每一次提速
都是中华民族的又一次飞翔

从冰川期跨过洪水期

从高原风掠过火山灰

从内河到海疆

从丘陵到平川

划过了泥石流，穿过了

原始森林沉积层

我们从荒芜的纪元走来

创造了一个个让世界瞠目结舌的奇迹

我们是带着痛感崛起的国度

今天，我们泪水盈盈地前行

一道道钢轨，一座座桥梁，一个个隧洞

拜谒了万里长城不倒的雉堞

见识了大江两岸稻谷芳香

中华民族再一次赶考

我们还来得及赶路

"雄关漫道真如铁，而今迈步从头越。"

读着，读着，禁不住热泪盈眶

听着，听着，内心的河流澎湃

崭新的高铁

将山峦切开，也凿开了

神秘天地冰冷峭壁

在这个日趋缩小的地球

不会有另一种选择

不会有另一条坦途

为了实现中华民族的强国梦

我们必须努力提速

让世界去惊讶

让苍天去感动

正如我们的孩子要在血光里临盆

高铁将承载着婴儿的啼声

在温暖的车厢里
迎来母亲们幸福的笑脸

如今，一列列飞车奔驰而过
那激昂的轰鸣声
是进行曲，是铿锵的步履
牵引、上升、引领着高速发展的风云际会

在东海与南海的交汇处
经过一个古老的渡口
抵达一个叫东山的海岛
　一进一出
似乎被张扬的词语吞吐
道路无遗，高速行走的列车
使一座海岛，焕发出惊艳的魅力
岁月风华，变道、意味着浴火重生
聆听涛声，正在朗读着一首飞扬的诗歌

敞开万川入海的胸襟

欣赏大海夜以继日的浪漫

专精特新，是新时期的一道波光

映射在浩瀚的海波中

一个全新的愿景，显现在蒸蒸日上的蓝色田园

大海是大背景，岛屿是小舞台

小小海岛，也寓意着神州精彩

当高铁时代到来

一座晃动大海的岛屿

告别船楫舟帆的过往

在一声鸣笛之后

东山岛，你伸出的长臂

何止是千里万里

2023 年 2 月 28 日

父 亲

父亲这个词，我们都喜欢
他发音在肋骨与襁褓之间

他是永恒的太阳，永恒之火
我喜欢在寒冷的冬夜
饥肠辘辘的早晨
遇见他

想要驾驶一只船，追赶鱼群
是日落与日出的那片海
我的同船兄弟，都已成了父亲
还有来不及的，也在海底的船舱里
完成了使命

我已动身前往
用父亲给予我的臂力
用力划桨

我路过的岛屿都是父亲
我从你的眼眸深处，读出
你的焦渴与期待

放心吧，父亲
你喂给我水喝的器皿
在我的身体，已经成形

2018 年 6 月 17 日

那个春天

我知道那一夜晚，还停留在那一刻
那一刻，我又回到了春天
那个春天，天蓝、草碧、沙白
大海微波荡漾

我看见海风不停地吹
吹斜了海滩上的一个画框
吹开了一朵蓝罂粟
吹进了一座小木屋

我听到远道而来的跫音
携来了春天的诗句
她轻呼一口
绿了窗外的枝条

天亮了
夏天如期而至

作画的女孩没有回来

读诗的女孩擦肩而过

2019 年 6 月 12 日晨

她怎么没跟你来

我在海边看日出
一道道海浪
唤醒了我的记忆
昨晚一直下雨
早晨，太阳出来了
海面已没了雨的痕迹
曾经的脚印
也没了痕迹

日子没什么不同
就像刚刚要出海的那一只船
夫妻俩一个掌舵一个放网
他们正成为人们的风景
可他们的风景是上网的鱼儿

故事再一次被讲述
两季相伴的身影已被夕阳收藏

只是海浪还在问我：

她怎么没跟你来？

2019 年 6 月 14 日晨

渔家女

眼神专注
穿梭精准
轻拉结目
她让柔软方格
牵挂渔家生息

这个编织渔网的女孩
借用大海拿捏不住的蛮力
生成柔性的魅力

网住奔跑的鱼儿
也网住了蓝色的关键词

2022 年 8 月 11 日

澳角海蚀洞

作为渔家的孩子
我们有幸啜饮过洞顶渗下的水滴
从岩石的缝隙、波浪的纹理中
一只只螃蟹，一条条小鱼
触碰着我们的童年

洞里方一刻
世上已黄昏

但我知道
这里的每一块石头都与大海一样古老
在我们出生前
它就有着不动声色、澎湃的爱
如眼前的夕阳
寂寞无声地爱着大海

2023 年 1 月 10 日

小木屋

你们来得莫名其妙

走得猝不提防

仿佛只是来送一本诗集

让我再一次陷入孤单

树叶落在我的脸上

雨水打在我的身上

今天的阳光下

也没能见到你们的身影

我想求主人把这条小路竖起来

立成一把梯子

能否，看到你们的背影……

2019 年 6 月 10 日晨

相约小木屋

我们相约而来
在海边的山坡建一座花园
也为你开一条上山的路
所有的风景归你

从现在开始植花培绿拥戴着你
我要抓住拂面而过的海风
借它们的气息，借它们的风度
让这里的每一片叶子都沾上诗意

我引导阳光如何与你相处
不能太过热烈，不能让你清冷
你不知道
那个我等待已久，甚至已经忘却了的人
还没到来

而我是站在你身边的一棵树
没有给自己留下退路
只想让灵魂获得透绿的慰藉

每天我对着满园的花朵说：不要凋谢，不要凋谢
你的美丽不止这些天

最近不断有来访的客人
说这美丽的花园是因为你才更有灵气
我说你已是肉身凡胎
是上天给一个人的布施

2022 年 8 月 2 日

小木屋即景

冬至前后几天，天骤然变冷
来小木屋的人也少了

山坡上疾速转动的风车
像一个个巫师
提醒人们，熬过这个漫长的冬天
或许更久，才有春天的迹象

寒冷的海风一阵一阵吹过
瑟瑟的小鸟，鸣叫着一秒一秒的寂静
落叶像一个个恐惧的字母
擦拭着房前屋后的茅草

2022 年 12 月 24 日

小木屋是一个词语

小木屋
就是一个词语
藏在灵魂深处
把它打开
就是一本诗集

我从波浪中走来
带着一首诗上岸
在这一片山坡，独处

一棵榕树，以身相许
屏住呼吸
能听到她的絮语
情到深处
叶，悄然而下

2023 年 1 月 3 日

小木屋的月色

月亮还没出来之前
你已经爱了很久
从绿芽初绽到枝黄叶落
不动声色的爱

我知道，每一片叶子都有生息
夜风摇曳着它们的快乐
金黄色的光流泻
偶有鸟鸣漏出

一条小道
一棵朴树
一个背影
一座小木屋

2023 年 1 月 7 日

小木屋说

主人带着朋友
走入我的领地
他们的茶水偶尔会溅到我的身体
我惊讶、惊慌、惊喜

树叶黄了
我迷失、迷离、迷恋
我不谙世事
不了解季节变换

在这片林子里
我羡慕一只只鸟儿
它们往往用欢快的翅膀
拍打我

2023 年 1 月 9 日

告诉诗人

这一天，一座渔村的盛宴
被一群诗人推出海平线
海水编织的诗潮，辽阔、浓烈、浪漫
诗行瞬间在波峰浪谷生成

海底有诗，航标灯也学会闪烁其词
过往的鱼群以诗歌的韵律翩翩起舞

当年那个邀约没有被寒风吹走
这样，告诉诗人们
抱团取暖，我们燃血煮诗
榕江、韩江、九龙江汇成一股热流
沸腾着东海南海相拥的这片海

闭上眼睛，亲吻大海
暗香涌动的海流会使你不忍离去
此刻，感受欢愉，感念苦涩

一盏渔火醒着

留香，留爱，留下伏笔

2019 年元旦

诗人足迹

这个冬天，暖暖的海水
暖暖的一群人
带着暖流
走进澳角，走进海源

一个诗意的晚宴
完成了一个诗意的跨年

每个人都是那么遥远
每个人却又近在眼前
这是缪斯的牵引
要不，谁也不知身在何方

山坡上的小木屋
一片片落叶，印证
一个个脚印

粤东的山风

九龙江的水分

在东海南海的交汇处

荡漾着一道道诗行

一个新疆歌者

从天山上引来一汪月牙泉

流入海源美丽的花园

还有谁不曾流连过

一片海滩

一港渔船

一个迎面而来的老船长

一位织着渔网的渔家姑娘

这也许就是你一生中与一座大海的擦肩

此刻，我摊开稿纸
写下认识的字、相遇的人
好山好水来过好人留下好的诗章
都要装入我的船舱

2019 年 1 月 5 日

相信大海

——献给东山县 2024 年新春团拜会

在东山岛，谈起大海

心潮就随着海浪澎拜

希望，就离太阳更近一点

内心的世界也瞬间豁亮

大海托举的这座海岛

每当沉入深夜

就有一座灯塔

照亮一条航道

波浪中有激流、险滩、风雨、雷电

看行船者勇敢地拼击风浪

迎来了清晨灿烂的朝阳

2023 年

看似寻常最奇崛

成如容易却艰辛

阳光拨开云雾洒在海面

海水涌动的波光柔软而耀眼

有激动也有新奇

这一年，汗水没有白流

耕耘收获硕果

希冀超越预期

大海从未如此浩瀚

一座海岛，从容地接受风云变幻

等渔船靠岸去看鱼获满舱

让心潮尽情舒展

让春风放胆歌唱

溶入蓝色的海

我们看到

一座岛屿在蓝色的大海上闪闪发光

经济运行晋位漳州市第一方阵

精专特新、四梁八柱聚集大成

对外开放突破瓶颈
知名度、美誉度再度刷新

在朦胧的曙光里
一群鸥鸟
飞过玉带缠腰的苏峰山
漫游在白浪飞溅的乌礁湾
南门湾绚美夜景风情万种
澳角湾虎踞龙盘尽显雄风
推进文旅提质，打造魅力海岛
这是一位全新的歌者
火红的脸膛焐热了海水的温度
这是种植在大海中的火种
活化为蓝土地的精灵
随波翻腾，让一座岛屿
律动着新时代的勃勃生机

大海一直在寻找它的源头
对稻田的仰望，没有停歇的呐喊
时刻提醒着我们
坚持向海图强，深耕高品质粮仓
我们都是奔赴大海的人
梦里生长着翅膀，沿着一条
深蓝的航道，此刻
深情的海，一望无垠
卷裹着形色各异的自然馈赠
大美风潮，如苍穹中白云涌动
是丰硕饱满的滚滚麦浪

大海浩瀚，每一道波浪
都是时代的潮流
每一阵电闪雷鸣
都是时代的呐喊
从每个弄潮儿的胸腔

喷薄而出

新时代，新征程

以干为先，善作善成

以忠为魂，铸牢根基

铸就一座岛屿坚实的脊梁

铸就东山人坚韧、沉着、勇敢、智慧的优秀品相

这里的每一朵浪花

都在孕育着梦想

这里的每一寸土地

都在孕育着希望

前行的脚步

每天都在书写崭新的诗章

相信大海

相信东山人民

他们的脚板扎根在蓝色土地上

他们的头上装满绿色的祈望

新的一年
目光坚毅，笑容灿烂
我们用大海的宽度去爱
天地合，万物兴
春暖花开，紫气东来

2023 年 1 月 18 日

心 海

XIN
HAI
CHUN
QIU

春秋

与你重逢，是的，尘世艰辛

要有足够爱的勇气

才能领受大地的广袤与蓬勃

许海钦摄影作品

春天的心愿

我有一个心愿
面朝大海　春暖花开

从明天起　有耕牛带路
我们去看绿树发芽　稻谷飘香
做一个幸福的人

然后，把春天的愿望告诉人们
好好生活
好好爱
爱亲人，爱朋友，爱自己

2009 年春节

拔节的声响

春节，世界上最宽敞的单行道，
十多亿人同一个时间就走过去了

与你同行，相伴又一次的人生起跑
或如睁开双眼的乳虎，
有着对远方的憧憬

春暖花开，一起聆听岁月的拔节的声响
品味一壶茶的缕缕清香
感受一个眼神与一个眼神的轻轻碰撞

还要承受风雨雷电，
承受渐渐增多的白发与皱纹

很庆幸，在这个盛世华年
我们带着各自的梦想
一起飞翔，一起燃烧

彼此，温暖

彼此，照耀！

2010 年春节

从春天开始

从春天开始
做幸福的人
我们一起仰头看飘飞的云朵

心的脚步
穿上飞翔的鞋
迎受阳光
也踏着风雨

但我们没有忽略
年轮记录着生命的细节
那些磕绊的岁月
吸收了我们沉重的叹息
宽容了我们全部的索取

知道　每一个脚步注定要成为历史
真切的愿望生长着人间烟火

温暖你心中的一江春水

奔涌不息……

2011 年春节

春的日子

祈愿千年，
祝福明天。
生生不息的人间烟火
生成了又一轮龙的图腾
我们听：丰硕的果实
敲响了新年的钟声！

那旧时路、晨风暮雨、四季阳光，已被刷新
愿我祝福过的人
过得好一点、更好一点

此刻的你
就是我熟悉的星座
像光在摇曳
像霓虹亮起

为你写下幸福
是一阵和煦的春风
在你心河荡漾

还要写下"爱"
她是千年不变的信使
带给你花语鸟鸣、清澈水流

又到了春暖花开的日子
我们共同聆听、依托、前行……

2012 年春节

摆渡春天

春风归来，万物应和
最微小的一棵草芽也将破土
人间处处，春情荡漾。

心怀感念
把每一个我念及的人
想象成绿的动词
绿油油的一片，随风起舞
所有锄禾的人
都听到拔节的声响

没有春风抵达不到的地方
没有人不想打开春天的门帘
尘世的烟火、稻谷、温热雨滴
在希望的田野上，明滋暗长

不要错过这一个甜润的季节
好日子又细又长
这是你的河流啊！

茫茫人海中
我用心网捕捉你的身影
让真实与感应
摆渡春天！

2013 年春节

春天来了

春天来了
耳际传来马蹄奋疾的声响
万马奔腾、涛声鼎沸
借千年帆影
为又一个春天
升腾登高的阶梯

红尘滚滚
是血管流淌着温暖的阳光
流淌出：奔月的嫦娥、逐日的夸父
再现那：精卫填海、愚公移山

这不息的薪火
就是灰烬也要代代相传

春夜写心
写天地间的花草、风物

写我眼前、远方的亲们
告诉你，并非岁月无情
只是延长了生命的长度
天地始宽
你我岁月静好

我们要让流光变得婉转
安抚踢蹄的马匹，前程似锦
我们让大海反哺每一条河流
丰饶大地，稻谷飘香

这个春天
我们还得做梦
荷马史诗，马背摇篮
期待，梦回唐朝

2014 年春节

回到春天

此刻、远行的马蹄声还在回响
飘荡在绿油油的麦田、道路、碧海蓝天

从明天起
看春花灿烂、重铸青铜诗章
让人之初的元素在孩子们的心田扎根生长

今晚、我用 4G、WiFi 与亲们一起漫游
乘魏晋遗风，览华夏风情
不错过大好河山
身边的、远方的、异国他乡
彼此感知美好祝愿
用温暖的语词
去爱一个新的春天
爱她身怀五谷、羞涩红颜
爱她染碧的一条条羊肠小道

我们会越来越像妈妈
扯太阳的纤维编织冬衣
给儿女们抵御风寒
暗夜里、把所有的苦辣酸甜
吞入干涩的喉管

祖国的躯体
已涂上一层崭新的防污剂
中华民族这位巨人
气宇轩昂

习习清风、吹散雾霾
沃野千里已是一马平川
走失已久的羊群
回到春天

2015 年春节

羊儿啊！你就慢慢地走

羊儿啊！你就慢慢地走
这一年，民企缺血、股市熔断
雪花飘到珠江河畔
上坡下坡更觉蜀道难

这一年，苍蝇立正，老虎入牢
南海吹宽了一座小岛

羊肠小道不会是穷途末路
高铁已经跨过断崖
十二年后
你就可以轻松上岗

大众创业、万众创新
渔网对接了互联网
海鲜成了抛物线
惊呆了一阵南飞的大雁

猴年马月就要在钟声里出现
深山老林的歌谣
与春天的故事同一个音调

低下头，像麦穗一样
集体向大地弯腰
知恩图报，才能枝繁叶茂
河晏海清，泥土深情
我们要让妈妈放心

今夜，心灯无眠
无眠的还有手中的笔尖
我让幸福随着春水
一路流淌，静静地
流入你的心坎

2016 年春节

春天的河岸

又一次来到春天的河岸
涛声依旧、旧船票写下的故事
让读诗的人
重温一段难舍的儿女情长

岁月私藏了我们儿时的真容
鸡鸣狗跳、追风少年
我们已学会了拐弯，转角
提起，放下
流不旧的血、鲜活依然

每个人都有自己的火苗
尽可能让它燃烧
亲人需要你的温暖
路人会感激你的光线

新年的钟声就要洗脱疲惫与困顿

这是一年最后的时辰
一路走来、走在悲喜交织的路上

不要急于搁笔
那远去的帆船、手写的春联
爸爸枕旁的手电筒
妈妈舍不得用的雪花膏
都要记录在这张船票上

今夜，每一双眼睛
都在为春天引航
春生万物、万物皆有新生之美
大地正在回暖
我们都是她襁褓中的婴儿

春潮荡漾
你也是一座绿岛

我已点燃一盏渔火
照亮你微笑的脸庞

2017 年春节

春回大地

春回大地
是一个动词，穿越
无数的名词、量词、形容词
在一部辞海的体内舒筋活络

西江月明　沁园春绿
十二生肖轮流坐庄的华夏大地
栖息着所有生灵幽灵士子逆子的荣辱兴衰

有唐宋仕女漫长水袖涌出的西皮流水
有凌空而动的飞天们借力于反弹琵琶
游历江湖的墨客
以羊毫为桨，划动砚台
一幅山水流淌着一方水土的安宁与动向

祖国——祖先的国度
百里添一件风衣

十里吐一种方言
一米灶台蒸一锅烟火
代代的骨血亲情
贫富相守，病老相依

大地回春，禾苗是精灵
它把春天的体温带回人间
让人们长成稻谷的模样
饱满的天庭，饱满的胸肩
一看就是天下粮仓

这个时辰
对屏点键送祝愿
隔山隔水到君旁
我们热爱城里的霓虹灯
热爱村落的狗叫声
热爱新朋老友旧亲戚

热爱妈妈缝织的冬衣

心里，有着暖暖的春意

2018 年春节

你一直在我的视线里

"过年"——世界上最宽敞的单行道

十多亿人一晃而过

一排排红灯笼挂在屋檐、店铺、老百姓的脸上

大江南北　冬眠的春天再次苏醒

　所有人家的门框都是动漫画面

一口老井旁

白猪随着黑猪结伴卖萌

今天，这是最受祝福的一对情侣

从盘古开天地就被写入生肖族谱

陆路水路成群结队的返乡队伍

他们都是知恩感恩的芸芸众生

一顿年夜饭

就修复了曾被割疼的乡愁

远方　还有飞翔在天际的行行雁阵

他们是：

祖国边境的解放军巡逻队

印度洋亚丁湾护航的海军编队

南极中山站的科学考察队

联合国派遣南苏丹的维和部队

一带一路国际建设项目的工程队

除夕的星光　照着家园也照着离家的游子

当思念的潮汐在心头漫溯

他们双膝支地　朝着家乡的方向

向一朵白云索要家的味道

家里　妈妈的淘米水正和着泪水

春夜无眠　抬头仰望星空穹庐

鹊桥中继卫星传来讯息：

着陆在月球背面的嫦娥四号探测器

经受了 –190℃的酷寒　已经自动唤醒

这是复活的敦煌飞天助力一个国家的航天梦想
是中华民族为世界呈上绝世佳作
让人类知道　月宫的后院是怎样的风景

时间可不可以慢下来　秒针滴答
这一声与那一声之间　有着嗖嗖风声
时空流转　大地乘风直上
我们能否抓住春天的翅膀

一圈年轮　一圈涟漪
荡漾着人间万物
物我之间　拾起串串脚印
举手加额　你一直在我的视线里

2019 年春节

属于春天

枝头泛绿，是时候属于春天了
这是最美的时光，岁月刷新
新时代一只温暖的手掌
抚平一道道深不可测的沟壑

春暖花开，不负韶华
风在吹，海在动
重获新绿的大地与《诗经》
风、雅、颂一同醒来
我用诗歌与灵魂的温度
催生童年的美感重新萌发
"过年真好！"

今晚，所有生灵
都以原初的血液流淌
苍生情怀，宇宙意识
神祇定制的生存法则，等待

我们清醒地去破题

祈愿：

人间有情，神州无恙

与你重逢，是的，尘世艰辛

要有足够爱的勇气

才能领受大地的广袤与蓬勃

爱的结晶体，属于春天

属于一粒粒归仓的谷粮

2020，又是一圈年轮

围成一个美丽的太阳

此时，她是进入你内心的灯盏

把我们之间一桩桩往事

擦亮出无比的新鲜

2020 年春节

海的春天

这个冬季，空气中的盐分很重
每一滴海水都经过阳光的提纯
春天，以一个优雅的手势
完成拯救的指引

在一首深夜的诗里与妈妈相会
妈妈带我赶海拾海螺
她迎送潮水的目光
是最接近春天的本色

韶华流水，光阴流动
掠过海面的鸥鸟
嘴上挂着一片鱼鳞
我是否该回到海的深谷
种植一片红色的珊瑚林

海与我交换眼神
海的浪花，把波涛开成田野
另有一种蓝
时而张扬，时而安详
曾经在一次次风暴中
促使人们净化灵魂

我忍不住地问
风无形，海能给爱吗？

一只船，在碧波上扬帆
它装满春天的祝福
即将，进入你的心港

2021 年春节

笔走岁月，书写春天

笔走岁月
写大地深情，五谷丰登
写大海辽阔，惊涛拍岸
大海那么大，每写出一个词
就是一座蓝色花园
墨汁如海水一样丰盈饱满

中华神笔，伸向远方
伸向未来
一双筷子
写出"一带一路"
中欧班列，画出一道金色弧线

日月水火，山石田土
小学课本的汉字书写
从晦暗年代到繁华盛世
神州有多大，绢纸就有多宽

点横竖撇捺，方方正正的汉字
佐证中华民族的又一次崛起
今夜，我接过春天的笔
打开诗行，年年月月日日
被春光照亮的你
我都记着、念着、想着

2022 年春节

记得你我

除夕，匆匆地读完一年的风月
点点星光，晶莹着不同的岁底
却见证，一个最深情的夜

春天，再次来到四季的源头
她是寒夜里千万个愿景的施行者
也是唯一能将尘世烟火
悉数纳入繁衍生息的祭司

今晚，亿万只眼睛
都在盯着一个屏幕
还在纠结惶恐的阴晴圆缺
暂时被屏蔽

大地一片一片泛绿
妈妈的青丝一根一根白去
她守候的巢穴

在一只只斑斓的羽翼振翅飞翔后
留下一汪蓝色的汗滴

我在想，该在春天来临之前
写一首诗
让我的亲人朋友们，感受到诗意的温暖
诗意的田园阡陌，大街小巷

春天永远不会走失
青春都要成为回忆
我们早已判若两人
但，还记得你我

2023 年春节

祝　愿

最美的夜景
莫过于中秋月圆
最好的心情就是此刻
与你的心灵互动

所有的情谊
在今夜，幻化成一袭素月清辉
映照我们共同的祝愿

这一轮绝色的圆
甘露流淌，歌声摇曳
爱穿过尘世烟火，流入心海
晶莹，轻响……

2008 年中秋夜

圆　满

月圆中秋
在天之翅
水之灵
地之根

重温四书五经
惠泽五湖四海

与月对话
把盏穹宇话婵娟
给生命又一圈圆满

与月同行
月光下的大地印满深情的脚印
心灵的轨迹延伸大爱无疆

与月同歌

曼妙的旋律唤醒漫天星辰

也把美好的乐曲渗入你的心田

2009 年中秋夜

答　月

圆月看我

也看你

"怎么不见他（她）？"

"已在我心里！"

2010 年中秋夜

一轮圆月

一轮圆月
从丹桂枝头走来
点亮大地

给你一片月光
给我一袭清辉
就这样分享彼此的柔肠

愿空灵的天籁
带给生命无边的温润

圆月告诉我们
风雨歇在天庭
稻谷无恙

一个人的呼吸
贯穿不分季节的旅程

牵引着
被岁月磨损的烟云

今晚　闲看明月
诗梦山河

爱　思念
留得住
忘不了

2011 年中秋夜

月又圆了

没有比中秋更美的月光了

月光有情
照亮小时候那块小小的月饼——
只轻轻地咬了一口
放在枕边，怀里还抱着一只破锣鼓
生怕圆圆的月亮被天狗咬去

今夜，月又圆了
桂花树开了，一树金黄，一树流光

赏月的人啊
请投上心存感念的一瞥
这柔情似水的月光
会流进你的一生并成为幸福的时辰

2012 年中秋夜

致圆月

谁的手掌，沾满了今晚的月光
一抹清辉，抚平了岁月的苦辣酸甜

秦汉疆土，唐宋盛装
是你一页页地挥墨
在史书，在枝头
血液连绵

从此的阴晴圆缺
是玄机、历练
是修行，更有惊艳

每当中秋月圆
我们睁大眼睛仰望
你是谜底，也是谜面

今晚
你在万物之中穿行
浪漫饱满，微笑祈愿
圆了一地情缘

一树桂花香，千年诗歌缘

我终于明白
你一直在诗人的心园里
品茗，把盏
缺了，又圆

2013 年中秋夜

珍贵的月光

这一年，月光点燃人们心中熄灭的火焰
这一年，华夏大地清风习习、依稀汉唐
这一年，一座座丢失的岛礁又回到我们的视线
这一年，一只只大虫现身景阳冈

圆月啊！
你如白驹过隙，走得那么匆忙
人世间的烟尘风物
哪一件不经过你的慧眼
你拿月光换取银河的血脉
丰润田园，五谷芳香

月上枝头
我们细心收拢珍贵的月光
一棵桂花树走入我们深深的眼帘
看着、看着，青春再现
想着、想着，山河闪光

亲们，请告诉圆月

是谁，会是你此时的念想

是谁，给了你生命的远方

若不隐瞒

你，依旧红颜

2014 年中秋夜

今夜与你相约

谁坐窗前，读你一地清辉
你弄弦的纤指调遣千军万马
激越处，戛然而止
身心渐渐温润
最好是自己把自己
圆入一个中国梦

羊年的春天远了
远去的还有羊肠小道
一带一路、百舸争流
谈笑风生，我们温习唐诗宋词

历朝历代的盛世华装
是你一针一线打满补丁
小桥流水、大漠孤烟
已然是民族大义

今夜，我把诗的脂肪点燃
照亮提心吊胆的晚秋
照亮一个个与白云竞跑的雁群
直到你一瘦再瘦
挂上枝头

今夜，只想与你诉说衷肠
所有的心跳声脚步声我已分不清
今夜，我与妈妈相会
为她奉上一腔骨血

今夜，忘记乡愁
与你同在　有山有水
有情有爱的烟火人间

2015 年中秋夜

对话圆月

圆月啊！你如期而至
莫兰蒂也来了
这个太平洋的不速之客
来给闽南人把脉
让我们紧张得呼吸急促

今晚，又是一个重要时刻
我们举倾国之力给你建造了一座房子
"天宫二号"二十二点四分
就要升空做你的行宫

9月4日的杭州国际峰会
一池西湖　是你的一面镜子
采茶姑娘们翩翩起舞
全世界都给美哭了
G20的巨头们
惊艳着一湖燃烧的湛蓝

多么干净　仅仅一滴蓝
就验证着大气候中
一个国家的风流

今夜，你是我们的温床
承受着九州大地的肉身
有多少梗塞渴求你的血亲
有多少蚀肉期待你的再造
你会让一切不能成为可能
你会使生活的重负不至于致命

一轮当空　点亮万家灯火
我们幸福地沐浴着
当月落西山　你孤单着离去
有谁在对你报以感恩的一瞥
那时　人们都在梦乡里

在人类最深的记忆里

一直都在广受你的恩泽

你的清辉

一次次清洗人们受污的心肺

建议人们   应该深情地多望你几眼

因为   每一眼

就是一个美的念想

2016 年中秋夜

今夜，今夜

今夜，圆月明
映照一片朗朗河山
中秋轮回、诱惑如初
月光、星光、阳光，照耀着
这片大地新的脸谱

大地之上　惠风和畅
钟摆上的指针、闪烁着光
荡回一曲丢失已久的乐章

今夜，明月又圆
她内心充满欢喜
她努力着在给这个家国一次梦圆

今夜，山脊如龙　神州舞蹈
你的心有一股热流
趁着月色、高铁启动

加速、飞翔、夜空旋转

全世界惊奇的目光

瞪着时速 350 公里的神龙

一只满溢的杯子，水波不晃

一带一路，乌亮的钢轨

出秦岭，跨波斯

直达多瑙河畔

惊艳了整个北美洲

今夜，明月低临屋檐

慈亲却在隔岸

面对一桌的精美月饼

不想张口　闭上眼

闻到了当年妈妈

递给的那一块月饼的甜香

今夜，没有异乡、异性、异己

但可以异想天开

借用北斗，把你导入诗行

把你定义在亲情、友情、爱情的美丽花园

今夜，月亮离我还远

而你，就在眼前

2017 年中秋夜

又到了你的眼前

今夜，风清月明
大海涛声、山峦风声、神州和声
万家灯火歌声笑声
我的家园，你的人间

谁说岁月无情
芸芸众生，明月何曾漏过
哪个人的身影
邀月举杯
才有对饮成三人的佳话美景

此刻，月亮离我很近
近得像一次亲切的会面
你的神态、你的桂花香
牵引出多少文字
与一个秋天，促膝长谈

四十年舒展筋骨

四十年砥砺打磨

今天，中国的月亮更比外国圆

我不止一次书写过中秋月圆

报送过几多人间吉祥

如今山河秀美、万物丰沛

阳光与月色修辞在祝愿的心坎上

此时，携一支笔

又到了你的眼前

2018 年中秋夜

海上生明月

当一轮明月在海上拾起头来
它的光线铺满整座大海
岛屿、渔村、鱼群也笼罩在光芒与梦幻之中
如丝，如绸，金色蓝色交错
此时，海的脉络一览无遗

将这一道道脉络打开
它就是一个个水墨的家园
从慢行的渔船到高速行驶的巨轮
都是腾飞的脊梁

想问大海从何而来
圆月看到
一条条百折不回的河流
揣着高原的秘籍
挟持入海的泥牛
找一个容身之处

在大海上安置愈合的创口
还有数不尽的爱、忧伤、期望

今夜，不一样的圆月
又在海上升起
照着一个个下海的人
他们行走在不平坦的海岸
做苦力，当水手
泛黑的肌肤
来自最深处的丛林
以及高原的黄土

圆月望着他们
能感觉到期盼的眼神无处不在
他们憧憬云朵里的爱情
寄寓在船舱里莽撞的青春

今夜，圆月已是完美
也止于完美
缺口也在生成
或许会成为流血的伤口
伤口会入住破旧的渔网
被废塑料噎着的海豚
还有一船船受伤的商品

2019 年中秋夜

中秋圆月

还好，圆月没有化为泡影
中秋月，带着人类的呼吸、体温
在地球肺部的阴影里
论证诗经与圣经的普世价值

眉眼间，把乱世的烟尘抖落
长长的月光
牵引出谁的这段过往

聚焦一个关乎尊严的痛点
是一块小小的芯片
低纳米，高科技
断崖式断供，倒逼绝处逢生
千年的月光
收藏着这家庭院的荣光、疼痛、灼伤

今夜，每个人都在仰望夜空

想起经年有过交集的人

母亲的温度显然高于月亮

当年砍柴取火开荒种地的日子

她用红头绳穿起一个月饼，挂在

我的胸前

我曾极力在海的房间摸索

摸到今夜，也找不到鱼群的出处与归处

圆月啊！你已催生万家灯火

为何点不亮

我心里的那盏渔火？

2020 年中秋夜

与月亮

每年今夜，迎你下凡
圆梦时分红尘相见
万家灯火陪你流连
你顺势滑入大海
与一群群鱼儿翩翩起舞

大海每一次潮起潮落
都要借助你的引力
有那么几回，风浪把我打晕
是你的上弦船儿，带我回港

今晚，我靠在海的墙壁与你交谈

农历十五前后的几个夜晚
所有的鱼儿都随着你转
一点也不理会海面的渔火海里的渔网

谁知渔家的女人们
渴望着你的圆

今晚，八闽儿女守护家园
今晚，圆月为了照亮所有人的健康
依然把清辉留在了人间

2021 年中秋夜

被圆月照着

今晚，天空澄澈
华夏大地，风清月朗
方寸之间，谁融入月色的景致中
谁将获得真实的温润

今晚，月光在异国他乡
看着不一样的世界
鸽子成群，穿越烟雾
在滔滔太平洋上空
久久盘旋

今晚的月亮
在扎波罗热上空，成了
一只布满灰尘的灯盏

月光均沾了人类的旷野
而中秋是我们祈愿团圆的专属

一袭清辉，邀约了古人与今人
融化了忧愁，柔软了岁月

今晚，词语找到了我
由此，我被缪斯宠着
我的亲人，我的朋友
有圆月照着、照着……

2022 年中秋夜

今夜，我们与圆月有了语言

携意象之美，你来到我们眼前

如同久别重逢的亲人

你储蓄一条灿灿的银河

温柔的圣水，黑夜里

洗静人们内心深处的层积

引导黑暗中迷茫的生灵

直抵舟帆显现的黎明

圆月啊，你是晶莹的自然体

冰清玉洁，托境方生

借力你的灵性

人们把洪润古奥的氤氲月华转变为

信息化、数字化、虚拟化的元宇宙生命体征

极速创新地突破高耸围墙

催发了星闪联盟在太空轨道奔腾驰骋

又到中秋
我们认领岁月赐予的果实
喧嚣归于宁静
今夜，我们与圆月有了语言
并遵从它的圣意

今夜，风情何止万种
神州大地共享良辰美景
我把祝愿
送到亲们的心里

2023 年中秋夜

山海人间

SHAN
HAI
REN
JIAN

从这里打听水脉的源头

我的人生从此拓展

拓展大海爱的宽度

许海钦摄影作品

大海边，梧桐树下

如果说一个擦肩需要五百年
我说一个秋天就够了
秋天的第一天
在大海边上的一个村落
迎来一位美丽的访者
带来唐朝的韵味
和一株梧桐浅笑

我在窗下读书
曾经幻想有这样一个场景
这个念想
如今平静地出现在眼前

四目相视，彼此了然
你说我是一阕宋词
我说，都已到达，云卷风舒
一袭霓虹羽裳

拂出莲花盛开
那才叫美丽至极

我头上的发间
曾经接受过多少雾岚的抚摸
那时用情简单
我弹诉的乐曲就是海浪
你不会吃惊吧

我会珍惜我们在一起度过的美好时光
在大海边，梧桐树下，一朵蓝罂粟相伴

这些日子你素食，我荤素全吞
可是节奏同步，原始、真实
不深究，只深谈
因此　我们对彼此的世界一目了然

已到了秋日里的一抹金黄

夕阳的剪影里，会有一对舞者

不求圆满

包容了千山万水，情丝绵绵

我们都要风姿绰约

尽管，没有你的日子

2015 年七夕

今夜，云水谣正在分娩

今夜，云水谣正在分娩
一个个诗人生出来
一首首诗歌生出来
五月的河水与雨水还在交配
偶尔，还有蛙鸣与夜虫的呻吟

云水谣啊，我问你
你的精血从哪里来
又往哪里去
你从白云生处降下来
又换上驰骋的马匹

一个个脚印
一滴滴水
反反复复从你身上穿过
成了这个初夏泛滥的潮水

今夜的诗会

是当年赶考的那些举子的后人

他们集合在你的怀抱

每个人都有各自的动作

他们发出的各种声音

正穿透你不隔音的子宫

2016 年 5 月 21 日夜

请不要把我们忘记

——为冰岛足球队代笔

我们是这个夏日美丽的风景
我们好奇地走过埃菲尔铁塔
凯旋门下
我们纵马持剑，战袍飘飘

今天，球场下雨了
七万多法国蓝与五千冰雪白
都被滋润了
那是我们火热的冰水
洒给绿茵场上的流香

2:5 不会是真实的数字
今天，我们凯旋

我们已经深入腹地

白色的马鬃

被法兰西这块黑土地

染成了深深的黑色

三十二万人

共同拥有一匹马

我们是世界上最热情的骑手

我们是世界上最小的足球村落

冰冻三尺，非一日之寒

在北极圈的一座冰雪小岛上

有一块闪烁的绿茵草地

这个夏天

惊艳着全世界的目光

欧洲的足球之夜啊！

已留下我们冰雪的张扬

夏风沉醉

请不要把我们忘记

2016 年 7 月 4 日清晨

给周庄

在乌篷船的惊叹中与你相遇
那一刻
灵魂开始流放
春风扬起你情欲飘飞的柳絮
千万支水脉汇聚成绿色的风流

昨晚，享受了水乡的礼遇
从此，我的心河蜿蜒着你的水脉
高山大海
到处都吟唱着天堂流泻的歌

揣着你的呼吸前行
拥有今生最初和最后的心跳
我分离出诗人的影子
流放在无眠的周庄

2017 年 5 月 1 日

江南采风

那晚的绍兴古街
如果不是一条河水哗哗流过
银杏落叶飒飒作响
我们还以为走入一幅古画

状元楼上
一个推窗的女孩
好奇地打量我们这一群
散发着海腥味的男男女女

都说绍兴黄酒值得一醉
我说绍兴人物更该一谈
帝王将相，才子佳人
都栖息在这本线装书上

兰亭里的书法与古人一模一样
岁月把一块碑帖磨成了古匾

曲水流觞，蜿蜒着

会稽山的青山绿水

兰亭序没有被谁据为己有

每一个走入兰亭的人

心里就装着王羲之的绝世真迹

一脚踏入沈园

我相信陆游与唐婉确实来过

一段凄美的爱情故事

在这一块小园里

竟然存活了千年

故园芳心

我们一众胸有才情的大海儿女

难道不该提笔

为她疗伤

江南水乡

被一只只乌篷船载着行走

水墨周庄

各种各样的人都漂浮在水上

水跟船流

人随桥转

折一枝旧时的杨柳

可以回到民国清初

依稀还有俊俏的明、文雅的宋

富态的唐朝

都说这里的风景很美

谁也预测不了水乡的流向

让我遐想古代友人曾在枫桥送别

岸上柳絮纷扬

阁楼上　一把古琴弹活了江水

真想做一回古人

无奈、无眠的周庄

一下子把我喊醒

从百草园到三味书屋

我们跟着课本游绍兴

这座书屋有着很强的磁场

每天被吸引到这里的人来自大江南北

书案上的教鞭和戒尺

印证着先生儿时求学的情形

谁能感受先生受罚的味道

可这味道已被先生融入一个民族的血液

锻造出一把投枪

杀得妖魔鬼怪

狼狈逃窜

回望西湖

雷峰塔多少有些忧郁

那头颅闪着火苗

风骨结晶苦痛

无时不在对着风波亭投去注目礼

如今，浊了的湖水又再清澈

化作春雨绿了苏白堤岸

柳浪闻莺　　百鸟天堂

湖里犹如集市

船上载有炊烟

湖心岛是西湖一颗柔软的心

更是一张绿色的书桌

游人皆有诗心

更何况海岛来的诗人

阳春三月　青黛含翠
江南已是仙境
南屏晚钟
唤归渔樵耕读
又一条客船要启航

江南采风　问道寻源
笑问相伴文友
江墨汲取几多
可有美人入眼

古越钱塘　风流过往
只见江水湖水汩汩流淌
难有清荷艳丽其间
还好，佳人就在身边

2017 年 5 月 1 日

戏水的孩子

海水长着行走的脚
走入蓝天之下的一片沙洲
向喜鹊学习筑巢
向白鹭学习飞翔
一只海鸥先来到这里
以一部圣经的使者
衔来伊甸园的图纸

一众大嵯人
在太阳底下焦渴地挥汗
汗水和着海水
锻造大地一片晶莹的雪白
白色的麦田，打不出粮食
却产出人类不可或缺的味道

亲近水就是亲近母亲
亲近那片客鸟林　亲近

那颗透明而坚硬的晶体
把一则则祖训　粘贴在
这座村落的胎记里

龙舟竞逐的当天
震耳的呼声　储蓄一池风流
五月的血液　奔跑在
离骚与天问的渡口

一代代大嶂人
一个个戏水的孩子

2018 年 4 月 2 日

云水谣夜歌

云水谣啊！你怎么就这么美妙

难怪全世界都知道

今夜，我是你的客人

跟着一群诗人来到水车旁

溪流的玉带与屋檐的灯盏

已经照亮我的心房

榕树下，以异地的方言呼朋引伴

我们开心地饮茶、开怀地喝酒

河里的石头好奇地抬起头来

打量我们这些不同肤色的男男女女

我们大声地朗诵诗歌，语词全部落水

溪水顷刻哗哗作响

一个红发蓝眼的欧洲女人坐在河岸发呆

千年古榕看着微笑

云水谣啊！你把古老的风月枕在河床底下
繁衍生息，思君念儿
当年，那些赴考举子们的脚印
应该有不少诗行
与这方土壤牵涉交融

遥想枕戈待旦的开漳将士
他们的呼吸就是最动情的离歌
歌声从唐朝走来，掠过几多朝代
在这片土地
安营扎寨，布下丰厚的文化经络

云水谣啊！你激活了一座大海的记忆
使记忆如青草般苏醒
太阳奔跑，月亮奔跑，一条鱼也在奔跑
跑到了大海最初的湿地

今夜，云水谣的夜风浸润着我

我匍匐，吮吸，痴痴地临风而坐

我是大海的一只小船

栖息在云水河边

河水解渴，村野沉默

谁与我共享山水夜色

谁与我流连鹅卵河岸

岁月对我们来说是牵引、诱惑、依恋

又何曾舍得

有时种下一颗爱心

自然会归适我们的情感

幸好盛世已剪除荒芜

妩媚了云水谣的青春段落

2018 年 6 月 9 日

给揭阳

一路向西

一瞬间　一光年

一场诗的盛宴

一条胡同走出一片诗民间

一座两千多年历史的城池

一脉穿越粤闽大地的榕江

一股冲天而起的水柱

一腔汹涌澎湃的诗情

一次次有力的握手

一个个开怀的笑

一群诗意饱满的男男女女

一生耕耘在缪斯的心园

把盏言欢

粤东方言　闽南音腔

竟然是同一个母语繁衍

一时间

把普通话甩在一旁

黄岐山、山道蜿蜒

高低的树木缭乱

却是有序的布景

石缝中的风声、雨声、读书声

无时不在为一个新纪元造句修辞

黄昏的流岚里

会不会遇见宽衣广袖的隐士

但谁又能肯定　不是他

迎面而来的揭阳诗人

2018 年 12 月 17 日

青梅之约

一个诗人，一条红绸带
红星乡
用火红装饰一台青梅诗歌会

难得冬日暖阳
烈日晒红了诗人们的脸庞
阳光明媚，梅花起舞
虫声与蛙鸣都屏住了呼吸

进乡的山道上，我们经过
西潭乡、建设乡、太平乡
多么接地气的乡镇

青山绿水　梅花雪白
红星乡以纯天然的美景迎候着诗人们
乌山、点灯山

伟岸、高昂、坚定地与风云对视
握有信念的根
在小草与溪流之间
写下猩红、炽热、痛楚的誓词

再看看青梅树吧
阿婆说她小时候就在了
偶尔触摸到那个火红的岁月
为了滚滚钢流
成片成片的青梅树
都献给了火热的土高炉

再后来，古老的梅魂又回来
青梅果
滋阴润肺，补脾健胃
给这片土地的人们强身壮体

漫山遍野的白色梅花

青春浪漫，附庸风雅

像一场恋爱，冬季开花

春天挂果，这一切

都在这四十年的朝曦晨起

青梅之约，梅花的香气

蹿入了诗人的胸腔

见证梅花的白

书写诗意的红

山坡上都是向上伸展的枝条

轻盈的蜜蜂　抚摸着

一道道落梅的创口

乡里的小食堂

午饭与晚餐都是一个样

一个个衣着光鲜的诗人

像一群帮农的农民工
饶有兴趣地吃了两碗菜仔饭

2019 年 1 月 19 日

印象新安江

有谁打破徽州的沉默

斑驳的青石台阶

延伸着新安江的百里画廊

一只只怪兽一般的游船

犁开宁静的水面

沿岸的树木不停地供氧

岁月的手

种下了千岛湖

却囚不住　欲飞的新安江

徽班早已进京

黑瓦白墙的屋檐还在淌着墨汁

浮雕、石栏、拱桥、廊坊

秀出明清的肋骨

木橹声很旧了

江南依然新鲜

2019 年 4 月 14 日

黄山，给我一个眼神

黄山上，我遇不到云海
还好，我们东山作协采风团
每个人带着一片大海

四周的群山都那么小
在这里，我看不到更高的山峰
没有风，松树下回荡着挑夫们一阵阵喘气声

诗人好像从未出现过
只是一群群词语在漫游着
彼此呼唤着自己的韵母

果真如此，迎客松依然年轻
一线天，只给你一线生机
涓涓细流自山缝涌下，清澈、惊险

那一声声雁叫

在光明顶送走落日

千万年过去，不着痕迹

玉屏峰前，我不知身置何处

举目四望，山径泻下人流

像一条条蜿蜒的蚯蚓

流入我们家乡的海

黄山，我已来过

今生今世

记得你给我的一个眼神

2019 年 4 月 20 日夜

西递的雨

东水西流，一阵小雨
把我们迎入西递
雨水落在肩头
五彩伞遮住了斑驳的青石板

看，那个在楼上卷起竹帘的女孩
这么近的江南，这么近的纱窗
水声从你的鞋里流出来

是谁打破了粉墙灰瓦的沉默
联合国的一张文牍
掀开了这个徽派的古村落
马头墙上
胡氏家园的藤蔓又在深深地呼吸

谁又在评弹流水
徽班的原声在牌坊上空涌动

雨，是一袭轻烟
湿了游醉了的人
湿了迷离的巷口

桃花熄了
红灯笼亮起来

2019 年 4 月 21 日夜

当庵山遇到诗人

六百多年前，庵山遇到姓林的人
一座村庄诞生了
五百多年前，庵山遇到一伙梁山的后人
一棵木丹树成长了
今天，庵山遇到一群诗人
一本诗文集生成了

站在庵山脚下
向干涸的河床询问
那一条流淌的浯江
是否洗濯过这里的每一粒沙石
是否浇灌了每一畦田园

遥想当年，一江水留下一个祖先
携日月结庐，邀山水碰杯
认五林为兄弟
江水滋养，大海面对

风雨晨昏，少年、中年、老年
鸡犬相闻，井台汲水
混沌开，圣人来
留下瞬间，留下片段，留下永恒

这小小的山头
雨水喘息，青草低头
有谁识得山门坐向
庵山无意解读，梧龙有心引见

天开文运，人神互造
用以静化灵魂
牵手一座大海，一个瓷碗
与高大的木丹树碰头
众多目光，凝视写满文字的枝叶
一阵风在山道间不住地咳嗽
你看，炊烟喂养的血脉与家族

东来西去的
何止是岁月风云

庵山啊！我看你时
是用诗人的眼神
检索你的基因秘诀
还有雾霾里被你宠爱的村落
在东山，有哪座村庙
能与"梧龙大庙"媲美
静也美，动也美

当年，先人修葺庙宇
诚然是领取神的旨意
许多年以后，这古老的殿堂
还在提示不可违约的祖训
显然，族谱就是肉身与翅膀

今日里，我与庵山对视
它示我以春色，我报之以诗行
树不厌山，山不厌我
庵山不厌相依为命的梧龙人

2019 年 5 月 11 日夜

夜游中驰山庄

一个诗人，六位歌者
走进一座山
从海上吹来的风
吹动山坡上千万枝绿色的手指

山体尽管沉重
身体却是轻盈
拍美颜、享晚餐
换一种方式开心

山庄啊！
在如此静谧的夜晚
还有一曲古筝
穿透你的心扉

夜深了，不见游人
只有月亮与我们同行

丛生的绿植已被夜色覆盖
唯有路边的萤火虫摇曳闪光

今夜，诗人不愁没有灵感
因为身边
还有六位女神

2019 年 7 月 17 日夜

印象港西（组诗）

1. 港西村

港湾里的海水都哪里去了
只剩下拴船的石柱
还在怀念海的日子
缠腰的玉带也是身不由己
被换上进岛高速的一道路桥

港西怎么会有港
那是祖先为后辈引来的涛声
一直在陶斋学堂回荡着朗朗读书声

每当风云变幻的黄昏
总有这样的港西人
挺着舟樯一样的躯体

使一场深夜的风暴
演绎为黎明的晨曦

时间流逝了
但这座村庄又一次涨潮
那一只只附在岸边的牡蛎
刻舟也要等到归来的帆

2. 中驰山庄

当年真不该把那只老虎给灭了
人家是涉海爬山来看风景
如今，又一只虎进山了
随身带着三把钢刀
再也没有人能伤害到他

他从远方驮回来一袋金子
连同他的淋漓汗水
洒遍了一座牛犊山

山坡上，山谷里
彩虹飞扬，百花争艳
这一处人间仙境
只在弹指一挥间

3. 林峰商场

海水退了
商船走了
商家的衣钵
留了下来

从摆摊少年到商会会长
一切承接得那么自然

摘撷天上繁星

点亮万家灯火

这是一个港西人的风光

2021 年 3 月 11 日

晨风梳着你的白发

晨风吹过山坡上的一片荒草
就像梳着你的白发

去年的今天
你还带着我们去给爷爷奶奶扫墓
今天，你却住进这一座陌生的山头

尽管你滴酒不沾
希望你能喝上一口
我们把酒洒在你的坟头
一层土湿了
我们的泪水流下来

烧给你的纸钱
旋起在空中又落下
你辛苦了一生

有了这么多钱
一定很开心吧

可我们很难过啊！

妈妈
你在的时候
我们还是孩子
你走了以后
我们一下子就老了
成了一株草
在这个世上
活着

2015 年清明

悼汪国真老师

真的不愿相信
这个黎明会把你带走
再过一会儿
你就可以再次碰到太阳的触角了

汪老师
你用一生的时间
为我们提炼生命
提炼爱情　提炼心灵的纯度
让一代人　拥有诗意的梦

你的词语
已在我们身上潜藏
"没有比人更高的山
没有比脚更长的路"
共和国领袖在顶层高峰
大声朗诵你的诗句

五十九，多么希望是九十五！

白云歇在头顶
小河挪开位置
你该继续点燃灯盏
烧开文字　为缪斯煮茶啊！

再次打开诗集
你依然在山河之间
因为你的身上
拥有神的脉象
永远　被万物厚载

渴望
今晚有一场风雪
反着季节地狂泻

强劲地撞开诗殿的大门

让那帮说你不是诗人的诗人们

惊出一身冷汗

看到大地上晒满一行行

像盐一样坚硬的文字

想当年

朦胧诗过后的我们

几乎又成了盲者

年轻的风　年轻的潮

唤醒了　年轻的思绪

今夜　天没有下雨

但很多人都被淋湿了

2015 年 4 月 26 日深夜

望星空

我在海滩为她塑像
花去我所有的想象
这一夜，真冷
流星落在心中
所有失去知觉的记忆
再一次苏醒

一只鹊鸟
衔着失落的羽毛
奔赴那座心桥
咫尺天涯，只为完整的一瞬

七月的阳光
已烧不到曾经的沸点
只能把往日的典藏
植入生命的土壤

星空啊！
我又将独享这七夕夜色
借用你　做我今夜的眠床

我自作主张地邀请一位诗人
一同仰望星空
"苍天啊！
那么多灯盏在人间闪烁
为何
只要我心里的火种！"

2015 年七夕

今夜，我在一盏灯下

今夜，等你喝茶
你被歌声带走了
人走了，茶不凉
有诗的热度

明年　今夜
一起去看海
用渔火　煮茶

闽粤没有划界
青山绿水　险滩恶浪
都被诗行淹没
我们活得清新、滋润、激荡
我们还得用自己的骨血
去浇绿心田的麦苗

诗人该走的路

我们正经历着

九龙江水　你穿过我们的肋骨

已是第四个年头

"新死亡""第三说"

血红的牙印

还在我们的胸脯窃窃私语

都说诗路崎岖

我听到一阵阵来自唐朝的蛙鸣

引领我为生命做一次完美的洗礼

今夜，我在一盏灯下

2015 年 12 月 4 日

我能不心动吗

人的一生
就是一个寻爱过程

每个人都有说不尽的经历
每一次牵手，都有道不尽的故事
你们从相逢、相识、相知
到今天，携手来到我们的面前

人生最不该的过错
就是把爱错过
真好，你们没错

你们的夜空
布满诗歌的星座
你们的清晨
生成诗歌的辉煌

今天，在马銮湾美丽的海滩上

你们写下

北京、上海，还有梧龙村、金沙大酒店

一朵朵浪花开着

一张张脸笑着

这是我们的海潮啊！

长于生命，追赶鱼群

百河归海，黄浦江也不例外

这一道心灵之约的涓流

已汇入东山这片神奇的海

今天，这场浪漫的诗歌婚礼

是诗坛的奇迹

如诗一样感人

如梦一般醉人

如今是

东山劳动，北京挂果

大数据时代

你们耕耘《教师月刊》

海岛信步　极目京都

茶居兄弟，我希望

你该用一生的墨水

把你的她精心喂养

海风阵阵吹来

海浪沙沙走来

有幸见证你们的婚礼

有幸同被缪斯青睐

你说，我能不心动吗？

2016 年 6 月 12 日于林茶居先生的婚礼

2017 年的家书

今晚，总有写一封信的念头
投递到即将到来的明天
我们都知道
积攒了一整年的风雨晨昏
诸多的故事
构成了一圈华夏最绚丽的年轮

这是一封 2017 年的家书
与我的亲朋好友
交换舒心的贺词、稻谷、家谱
以及大海的蔚蓝

岁月如织，循环复往
轻抚沧桑来路
神州正在受孕
万物在爱的羊水里
丰腴、蓬勃

年复一年

冬花、春花、百花都很准时

像一个个美丽的信使

为我们排解烦恼、交换馨香的心事

也替那些翘首期盼的人

送来了好消息

最后，我要告诉亲们

昨天，北京传来声音

2018 年

城里的马路要修到村里的巷口

农村也要穿上漂亮的花衣裳

2017 年 12 月 31 日晚

年　味

年味，是一支支川流不息的返乡人流
年味，是一张张私企老板愁眉的苦脸

有人拎着鸡鸭鱼货
有人揣着人情冷暖

也许你看到的是烟花璀璨的夜景
而我，看见海

涓涓细流　源远流长
流入辽阔深邃的海
从来没有人想去饮用海水
可它的盐
香甜了芸芸众生的美味佳肴

如今，物欲横流
真实的年味

被藏入一只小罐

成了一个村落的秘方

2018 年 1 月 25 日

孩子，你已不能粗枝大叶地成长

——给楷欣

孩子，你今年十八岁了
一切是那么地猝不及防
那个探出乒乓球桌半个头的小孩
那个在腋下向我要本诗集的小孩

你在一首诗里藏着自己的童年
在天籁的旋律中听到拔节的鼓点
这是一个有详细纪年的生命
在庆祝成长的心跳

成长是一场蜕变
断层般的引力、破茧而出的蓝点
携带澎湃闪光的数值
去感知着生命和价值的瞬间

孩子，你已不能粗枝大叶地成长
从今天开始
细心地修剪唇边的毛毛草
认真学习，用心去爱

未来已来
你该不可逃避地接受挑战
去探索谜团一样的世界
不用担心
大数据会在你迷茫的时候
无休止地为你打开知觉的边界

孩子，相信你
汗腺会在你青春的脸上渗出水滴
坠落下让我们惊醒的声响

2018 年 3 月 13 日

海鲜猪

你，骨骼清奇
怎么才能让你脱胎换骨
长成猪的过程困难吗
那就做大海的新娘

生活这场戏，不用排练
红酒成了今晚的药引
佳佳不会是你最佳的选择
她是一只寻梦的白鹭
翅膀硬了就飞了

澳角，放不下你的婚床
你的心愿他会满足你
那就给你
足够的海鲜

2018 年 5 月

这个夏天

——赠王森田博士

她的蓝、她的白、她的红
已被一片沙滩收藏，也被
一座大海宠爱

这个夏天
纱巾飞扬，浪花追逐
一个舞者
滑过海峡两岸
完成对一座海的平面再造

从此以后，她的丰姿
投射在一个蓝色的玻璃窗
留下一行行粼光闪烁的文字

这是一幅波涛荡漾的画

一只海鸥飞入画框
一只小船划入画面
一群鱼儿游入画里
一个倩影舞入画中

还有一个人
对着画，出神

2018 年 6 月 26 日

阿婆的梅树

谁在山坡上，扶起一棵棵梅树
一个老人，用自己的骨骼
为一朵朵梅花修筑一座座温房
在这里，每当诞生一颗青梅
都在诞生一个年代

我们站在这里
就是一个考古学家
翻新的山水
种上了几百年几千年的骨殖
冬尽春来，所有的哭声笑声
挂白了一棵棵梅树的枝头

阿婆是一个见过世面的人
她的肉身从不曾离开这道山沟
她的灵魂刚刚从远方云游回家

已近黄昏
她的人间就要一片漆黑了
可她不甘心
她摸到梅树的躯干
望着采花的蜜蜂
一双正在变浊的瞳孔
与一朵朵将要凋谢的梅花
相依为命

2019 年 1 月 19 日

复　活

——赠素心若雪

那一天，我看见一只鸥鸟

穿行于神秘斑驳的天空

展开翅膀，把月亮抛在身后

隐约的光晕里，云雾弥漫

梦幻中，你落脚在一块礁石上

光，慢慢消隐

你已感到夜的舒缓

无所谓寂寥与喧嚣

新筑的巢窝里

你重新梳理羽毛

然后不顾一切抽身而出

这是一场突围

哪怕耗尽一生的力气

这个黄昏，你已远离波浪
晚霞盖住昨日的风暴
就像一个幻觉
更似一次复活

就这样，你把骨骼
安放在一个自由的国度
缓缓铺开自己
成为一个新的修辞
完好如初

2019 年 5 月 7 日深夜

端午的天问

只有一条江，才能把一个生命
贴近家国的胸前
汨罗江底的水藻　沉痛地
抚摸一具放弃呼吸的肉体

两千多年前的今天
一个形销骨立的楚人
一个背负着家国创痛的诗人
一个用词语的魔力替社稷受难的罪人
向着汨罗江纵身一跳
楚国的宫殿瞬间倾斜

屈子啊！
你把生命雕刻成了传说
一部《楚辞》，穿越千山万水、隶书、钟鼎文
最后到达生命力最强的汉语行书
诗人啊！

你的传世歌吟已附着在史册竹帛

化作天堂圣火，烛照人心

每年的五月端午，河流倒悬

一只只热浪汹涌的龙舟

动情地穿过一个民族博大的心脏

与一个飘荡的灵魂邂逅

山的那一面，是流放诗人的空无沟壑

江的这一面，艾草的香气穿过高崖低洼

岁月的光影，显像不朽者的身姿

举手加额，诗人正手持书卷

是塑像，也是一缕云烟

屈原啊！

你的一生就是离愁与忧国

故国无贤人，彭咸唤我归

离骚，是楚辞的一座山峰
也是你震古烁今的骨殖

橘颂的坚贞修洁
九章的爱国净言
你从有限走向无限
你的眼神包含着落日与黎明

在你落水后
每一个朝代都在为你洗濯身上的污垢
每一位君王都会把你制成一盏长明灯

手捧天问　我问：
如果秦将白起不破郢都
会有投江的屈原吗？
如果屈原不投汨罗江
会有百舸争流的龙舟赛吗？

如果楚王一直重用三闾大夫

楚国会衰败吗？

如果楚国还那么强盛

会有统一六国的秦始皇吗？

长夜漫漫史无眠

回头一望，空灵无垠

用典，哪怕谈天下

要是都不如意

那就再远一点，到殷商

把华夏的图景打开，看流星如箭

屈父啊！

你何不从战国的市井穿越过来

现代人已经解答了十万个为什么

你就怀抱朝笏，百度搜索

大数据时代的今天

天问里一百八十个问题

已经不是问题

2019 年 5 月 24 日

新　生

七月十五
幽灵们的狂欢节
一只蝴蝶
携着夜色
跟随着幽灵起舞

天亮了
绿地上，一只蝴蝶
衔着朝阳

2022 年 8 月 16 日于北京朝阳医院

又是重阳

暮色如黛
世人都有生锈的黄昏
这时，村落高于夕阳
老年斑，又一次造访她欲拒还迎的门槛

人生是循环的章回
再长的手臂也抓不住
执着的钟摆

2022 年 10 月 4 日重阳节

春节的早晨

有趣的灵魂还会相遇
那天在小木屋道别
一位客人这么说

有趣的灵魂，何止是人
还有自然界万物
它们接受着来自大地深处的信息
等待一只春天的手
轻轻地把它们摇醒

于晨曦雾霭中辨别来路
在春节的早晨
道声早安
茶盏不空，温润如玉
灵魂再遇，深情如斯

2023 年春节

捶球缘

面对一幅"捶丸图"
该如何写这首诗呢？
写一只古代的捶丸现代的捶球
这是一个穿越时空的天问
"即器见道"被烟尘迷漫的时空雕琢
如今，被风雨散尽的一道彩虹牵引而出
依附在一个汉语词根上
正在经历世人的质询与接纳

当我们摸索出你康养益智的内涵
就如同月圆之夜闪亮的情调与丰盈的想象
我愿意在你浪漫的草地
探寻那根深蒂固的记忆

一只小小的捶丸
寄生在漫长的岁月里
寄生在我们深深的遗忘里

从今天的高尔夫
人们看到你永生的样子
而诗人看到的是常人看不见的景物

我置身于隔栏之外
踮起脚，窥探一只小球
如果你不惊动它
会被高尔夫窃据一生的版权

捶丸的生命很长
长过一首史诗
我要把它搬出诗行
让更多的人把它带到山坡带入草地

这取决于捶球与谁有缘
这缘分是漂洋过海的奇缘
一个叫吕榜洲的企业家

他的脚印，安顿在海峡西岸的东山

他的身体就是一座活动的岛屿

当雾霾散去，他敏锐的眼神

紧紧地与一只捶球对视

仿佛新生的朝阳

燃烧着一只凤凰的新生

2023 年 3 月 18 日

诗会偶拾

旧镇不旧

一对诗歌伉俪

年复一年地吹响集结号

一群群诗人，翻山越岭

秀才村依然住着秀才

那一间茶屋牌匾

散发着一阵阵的翰墨书香

它屋旁的荔枝树

被乡村振兴为一个节日的载体

感念着秀才村的公平待客

无论是庙堂嘉宾

还是草根文人

人手一筐甜熟的荔枝

2023 年 7 月 6 日

我问大海

——赠东山村ＢＡ联赛

今晚，我们听懂了大海的韵律
这个球场，张扬着最动情的呐喊
一只跳动的篮球
从大海的波峰跃起
令人眼花缭乱的弹跳

天空一个劲儿地升高
大海一个劲儿地蔚蓝
孩子们一个劲儿地潇洒
一场壮观的流星雨

我问大海
你会不会激动
轰隆隆的涛声从你的胸腔发出
滚滚洪流奏响全民健身的乐章

一阵阵旷古烁今的村BA浪潮
激荡着中华大地的生命心跳

剥开海的肌肤
从海的体内汲取力量
多少东山人的健康愿望
多少篮球少年
舒展着青春臂膀

跳起来，在波峰浪谷之间
活色生香，舒云流彩
蓝色脊梁
给大海一幅壮丽的图腾

风流蝶岛
晨曦中昂起头颅
丰盈的骨髓正在燃烧

看，一群群鱼儿虔诚地走向祭坛

银白如光，随风起舞

一个个挥洒汗水的乡村娃娃

正在为一场激动人心的盛典

精心地一次次演练

呐喊声声

激励着美丽的东山岛

每一块礁石都在震荡

每一朵浪花都在歌唱

你们伸展雄鹰的翅膀

在蓝土地上尽情飞翔

2023 年 8 月 18 日

美妙的不期而遇

—— 致漳州个私协会的兄弟姐妹们

终于抵达了你，漳州城
我们携手走过二十年的悲欢沉浮
走到盛世华年
从东山海滩到九龙江畔
这样美妙的不期而遇，是今生注定的缘分

我们从陌生到熟悉
一直交织的生命中
仿佛都在彼此的身体内部
一言不发，却如影随形
如默默流淌的龙江之水

无论雨季，还是旱季
你流淌在龙溪河道
河水不时流过闽南人的心头

以最不可思议的景象
催生一群抱团取暖的生灵

想起我们结伴走过湘西山路
看见一群猴子在对我们招手
仿佛回到我们的前世今生
夜幕穿过猴群的尖叫声盖地而来
把星星在睡眠中惊醒

从此，我们的每一次相聚
就是最开心的时刻
每个人都在恰如其分的夕阳路上
显露宠辱不惊的脸庞
犹如一朵康乃馨落入晚霞的臂弯
霞光里，把舒心的晚钟敲响

2023 年 10 月 5 日

致武夷山

趁着夜色
我要把武夷山的溪流折叠起来
托心帆带回大海

跨过时空与灵魂的桥梁
在时光隧道仰视你的丰姿
山气水气弥漫在季节的轮回里
喷射出沁人心脾的灵气
吸纳的方式被无数的想象牵引

请相信青山绿水
相信一株大红袍的传奇
相信那些深邃的名词和动词
一如既往地书写山水间的爱情

所有的茶香都在一泯恩仇
都在氤氲清雅之中的纯净

悬崖上的悬棺一直难以破解
摩崖石刻也被岁月一再抚触

武夷山啊！我看你时
是用海鸥的嗅觉
检索你的基因密诀
还有雾霭里被你宠爱的株株茶树

天地间，请问
还有哪座山能与武夷山媲美
诗人眼里，你
静也美，动也美

2023 年 10 月 10 日

青草苑情思

青草苑，你的前世与来生
始终与一条河流对视，正如
与黑夜交谈。黑色的羽翼
敞开着，扇动一个拥抱的距离

而天造的景色像流水
洗亮这一片山峦的今生
我的手触摸到了它的体温
从它身上散发出泥土的呻吟

青草苑，我们不说山外的风景
你绿色的光晕已足够点亮黑夜
点燃深秋枫叶的潮红
我的灵魂一定是开花了
才能循声来到这梦幻的居所

此刻，我与你静默对视
从这里打听水脉的源头
我的人生从此拓展
拓展大海爱的宽度

2023 年 10 月 27 日

仅仅是看你

那一天
带着一座大海去看你
青草苑已先我而至
它能哭，它会笑，它与你
相依在山峦的怀抱里

一条河流从天上来
帮你看顾炊烟与青草
你蘸着雨水给我写诗
一根纤绳逼出内心的墨汁
今晚，诗稿在我心中荡漾
泪水即刻染湿一挂夜帘
从此，我会一直从天涯海角去看你
——仅仅是看你

2023 年 10 月 27 日

问海听涛

WEN
HAI
TING
TAO

能拥有一个诗意的青春

甚至诗意的人生

是爱诗者最大的幸福和慰藉

许海钦摄影作品

海浪沙沙沙

东方鱼肚白的海平线，已泛起橙黄色的曙光，灰暗的沙滩也渐渐地白了。

海滩一串长长的脚印，跟随着一位踟蹰海边的少年。

晨风，轻轻地拂着海面，波浪慢慢地漫上海滩。窥视着少年那失魄的神情。

他，走着，走在孩提拾贝的海岸。

泪，滴着，洒在这曾憧憬过理想的沙滩。

大海啊！你装着多少美妙的梦幻，也盛下了多少泪水与惆怅。

几张高考卷子，压住了十年寒窗前的愿望，面对大海他动情地把衷肠倾诉。

海浪沙沙沙……

伴着清爽的海风，他听到了优美的旋律。啊！是熟悉的乡曲，又是亲切的慰语，一种舒畅的情感流入心间。于是，一个美好的希冀萌动而起。

大海啊，充满着母爱的摇篮，蓝土地上有着祖辈们创造的业绩。无垠的海洋是弄潮儿的大学课堂，许多奥妙的未知数、微积分正期待人们去解答。

海出奇地平静，只听到海浪沙沙沙……他也恢复了平静、白皙的脸上，漾起淡淡的红晕。

东方，朝阳正在升起。

1985 年 9 月

故乡的海滩

海滩，故乡的海滩。

你没有大海的浩瀚，不似高山的威严，像一位恬静的少女，悄声无息地伫立在蓝土地的边缘。

你柔软却蕴含着毅力，你孤独却没有哀叹。浪花在向你招手，波涛在对你呼唤。你，你怎不迈前一步，扑入大海的怀抱，去寻求蓝色的梦幻。这默默的等待，是践约那山盟海誓的诺言，还是恪守上苍法定的职谴。

啊，海滩，你是那么地安详舒缓。

记得在星星曾向我微笑的那些夜晚，月亮牵着我和她来到你——柔情的海滩上，唱一支歌，海浪为我们伴奏。

捧一捧沙，撒在陶醉的胸前……

那天夜里，起风了，海浪冲上沙滩。

她走了，哪知道是被海浪卷走？哪知道是惧怕海滩夜风的漠寒？

星星也世故了，只是偶尔眨眨眼；月亮镶入了乌黑的幕帐。

只有你，柔情如故，袒露的胸怀拥入孤独的我。

　　来了,临行前我又来到海滩,去寻找往日缠绵的情愫,去寻找那失落的初恋。是,又不是,自那清晨在你怀里昏睡醒来,梦已成为昨天。

　　别了,亲爱的海滩,我就要去远航,海鸥已鸣去我新的欲望,碧波将送我去涉足那遥远的彼岸。

　　今后,不管走到哪里,梦中,我又回到你——

　　故乡的海滩。

1987 年 3 月 12 日

奔腾的浪潮

我眷恋风和日丽的万顷碧波，更向往那暴风骤起的惊涛骇浪。

曙曦初映的海滩，晨风轻拂，温柔的细浪，柔情地抚摸着海岸，发出一阵阵催眠似的絮语。这时漫步海边的我，陶醉在这水天交融、空明晶莹的蓝色世界里。

北方的海平线，忽然冒出一条白带子似的云彩，在后面追逐的乌云，疾速地把晴朗的天空覆盖。

起风了，呼啸的狂风，横扫而至，扑向那碧波荡漾的海面。

大海顿时沸腾了，卷起一座座小山似的浪潮，带着雷鸣般的怒吼，如千军万马扬起雪白的鬃鬣，奔向礁石冲上沙滩。

大海啊，多么雄伟壮观，气势磅礴！

"沧海横流，方显英雄本色。"激昂的诗篇，抒发人们对你的褒赞。在你漫长的历史长流里，记载着人类的兴亡、盛衰，推动着人类社会的进展、升腾。

透过壮观的画面，我仿佛看到了又一股巨大的浪潮，掀起在长江南北、掀起在黄河流域，如汹涌澎湃的海浪，奔腾不息地滚滚向前……

风紧紧地吹，海水溅湿了我的衣裳。烟波里，大海又发出了松涛般的吼声，如一支庞大的管弦乐团奏出贝多芬《英雄交响乐》的高潮旋律。强烈的节奏、感人的乐章震撼着我的心扉。

啊，大海！你悠悠地流了亿万年，奔腾了亿万年。

岁月蹉跎，人世沧桑，你依然流着，奔腾着。

坚韧、顽强、热情、奔放，构成了你博阔的胸怀和性格。

你惊涛拍岸的雄伟气势，永远鼓舞着人们在激流中勇敢地拼搏！

1986 年 1 月

大海也伸出了手掌

海风很凉，海滩很黑，星星很远。

你走了，走出了我的视线，但走不出我的心扉。

人的一生，就是一个寻梦的过程。你的出现，把我带入了一个超凡的梦境。

这个梦，伴随着我，直到夕阳西下。

就在那个秋天，我们走上了寻梦的旅途。

在那一处处令人神往的地方，一缕缕大自然的灵光，开启了我们的心窗，腾起了我们的生命的翅膀。

你的降临，使萧瑟的秋季变得异常清新、滋润。

正如你说的：在这个世界上，没有比我俩畅谈诗章、共叙衷肠更幸福快乐的事啦！

那段时光，我们用诗歌来表达彼此的仰慕和敬意。

今生的相遇，或许是上帝的差遣，或许是命运的垂青。

温热的季候风，在内心荡漾着澎湃的诗情，并别无他顾地衍生出一脉"诗缘"。

人生这本书，难免会有病句，它们甚至是谜语，可以提炼出春天的诗。

夜深了，一阵阵海风吹拂着我的脸颊，大海也伸出手掌与我一起抚摸这段苦涩而又美丽的往事。

朋友介绍我：这位是诗人。

你的眼神略带惊奇：这偏僻的海岛还会有人写诗？

能否送我一首诗？你用的是一种质问的口吻。

好的，我一定送你一首诗。我不假思索地答应了。

那段时光，手机短信诗，成了我们播撒生命之音的独有方式。

它依傍一种潜伏的灵性，牵引出一股心香情韵的溪流，汇入高山流水。

生命的音籁奏响，沉寂的灵魂苏醒了。

那天，你的家乡下雪了，你说有雪花，才会有浪花呀！

你对我说：好大的雪啊！比玉龙雪山的雪还要洁白，我一人站在雪中，你能来看雪吗？

恍惚间，我看见大海也伸出了手掌……

2002 年 12 月

写诗的女孩

　　"爸爸扬帆出海 / 我也去赶海 / 小篮子装满七彩贝 / 还想装下整个海，起风了 / 我没往回跑 / 蹚过海水，跳上岩礁 / 脚尖蹬在浪尖上 / 怎么不见爸爸的船 / 海风啊，你翻卷着波浪 / 也波动我不平静的心房"。

　　如果没有那偶然的相遇，她会如同一颗普通的小星，永远不会出现在我记忆的天幕里。

　　"父亲魁梧英俊但不潇洒 / 他错投胎在一个不该去的家庭 / 从此就先天不足了……父亲划桨的汗珠是潇潇的岁月之雨 / 洒成一个大海悲壮的传说 / 父亲解不开梦中的缆绳 / 只能用双桨挑落最后一颗晨星……"

　　"母亲的脚掌很大 / 从姑娘走到母亲 / 把少女的长发走短了 / 母亲是家的中心 / 父亲是她的女人 / 灾难重重的岁月 / 阴雨连绵的季节 / 母亲领着我们 / 期盼阳光明媚的尽头……"

　　上帝很慷慨，赐予她出色的天资。

　　上帝又很吝啬，没有给让她成才的家庭环境。

从这以后，我似乎又多了一个妹妹。我介绍她认识了缪斯，她的世界宽阔了，眼前出现了七彩霓虹，海市蜃楼也在向她招手——

"写诗的时候 / 夕阳联结大地的空间 / 染红了那支不听使唤的笔 / 也染红了心海所有的支流 / 不知在迷茫的烟雨中 / 隐着一个怎样的世界"。

她的诗性，与生俱来。

只有小学文化基础的她，短短的几年自学，就得到了缪斯的青睐。

有一位诗人说过："痛苦是多么有益"。

艰难的成长过程，也赋予她深刻的思想内涵。

"诗人只有在孤灯只影下 / 才不显得孤独 / 诗人总在光天化日之下 / 放纵自己的幽灵"。

生活的磨难，已在她幼小的心灵刻上痕迹，就是在阳光明媚的花丛中，也能察觉到她忧郁的眼神。

"一只小小的蜘蛛不知来自何方 / 看它慢慢地结网 / 一点也不理会一个同情者的目光 / 呆立中的女孩 / 咬着唇转过去 / 她该如何像蜘蛛一样去修残损的梦"。

她以诗人敏锐的眼光，捕捉大自然中的一个偶然细节，并融入其中，在与蜘蛛的呼吸共鸣中，产生一种憾人心扉的绝响。

这一天，她很坦然地对我说——

"我已学会了微笑，这辈子不后悔。得不到的不去想，别人不可能得到的，我有了，那就是'诗歌'！"

是啊，诗路崎岖，谁也不敢说自己能够写诗一生。但能拥有一个诗意的青春，甚至诗意的人生，是爱诗者最大的幸福和慰藉，特别是她——写诗的女孩。

2000 年 10 月

心 曲

（一）

曾有过那时辰，我们的眼瞳碰撞过，于是我自编了一个彩色的梦。

我试图让那秋波的光圈曝光。

然而一道帷幔遮掩了我的视线。

多想呀，你撩开幕帐，如一条平静的港湾，让我这条漂泊的船靠上宁静的岸。

漂泊的船，失去等待的欲望，一弯浅滩，搁了船。

（二）

我们的眼瞳再次碰撞。

你瘦了，眼里放射出忧怒的黯光。

此时我才明白，你那冷静、矜持的外表，原来也裹着一股炽热的火。

怪你，也怪我，没有把那颗尚未破土的种子培育、催放。

哪曾知道，它孕育着我们深深的爱恋。

（三）

我们的眼瞳又多次碰撞。

你孤楚的心不止一次暗示我，越过世俗的鸿沟去你怜爱的领地，可是我的心已属于别人。

既然承诺就得一直走，哪怕是陷阱和崖道。

请不要对我再有一丝留恋，哪怕是我受了欺骗也不能回头，因为我不能把一颗被别人践踏了的心交给你重新去烧焊！

鼓起勇气，抛弃吧！

因为我们之间，横着一条人为的渠沟。

蹚过去，会溅一身看不见的污泥；洗掉它，需要耗尽毕生的力量！

1983 年 9 月

心海春潮

那个夏夜，那片海滩。两行脚印，一深一浅。

星星眨眼，月亮会意。

心潮澎湃，而大海却不敢涨潮，它不忍心淹没那份真切的印记。

抬眼天穹，星星闪烁。它们都在释放着一丝丝清爽的气息。

此刻，我内心的句子随海水涌来，漫过心坎，流淌着一个个词语。

既有渗入心扉的苦楚，又有缠绵一笑的幸福。

春天的风潮，多情又深情，使"大海克制不住地蔚蓝"。

这一份情缘，充盈着强烈的质感。这是人间奇迹在我们的心野中漫延，滋润了属于我们的岁月。

很难相信，隔着时空，隔着鸿沟，我们会跨越天堑。

在彼此的足下，铺上一层柔软的沃土，所有的心愿都种植在这里，让它们苗芽、生长。

曾想过，把你筑造成大海中的一座小岛，在那一个个倦航的黄昏，靠上你的岩礁，卸下沉重的负荷。

然后倚伴着你，唱着渔歌，数天上星星，听耳际涛声，甜甜地入梦，最好不要醒来，因为睁开眼，又是尘世的喧嚣。

其实，你已是我心中永远的小岛……

"拍痛心岸，浪花泪挂下弦月。"

你是一颗明亮的行星，在寻求属于你的星座。

你是一棵行走的树，为你生命的绿洲艰辛跋涉。

你一步一步走，走得很远，走在千里之外。但你没有走出我的视线，只为那天上闪烁的星星，那是我注视你的眼睛。

有点心惧，怕的是我们的情谊，到了那一天，在世俗眼光的逼视下，会是指缝中流失的水。当到了那个无法掬起的时候，流成一条失忆的河……

今夜，就在今夜，海风与热血交融，海浪共胸腔呼吸，在心海组合成一首首诗。

我在字里行间，留住今夜，留住今生，留住心海春潮……

2005 年 6 月

澳角的海

我爱大海，更爱家乡的海。

偶尔外出观山看海，尽管也曾略微心动，但真正使我陶醉的还是澳角的海。

都说熟悉的地方没有风景。不！这里的每一朵浪花，每一块礁石，每一页贝壳，每一片沙滩，都已化作一种独特的情愫，在我的生命里植根。

人蛙礁的塑像，诉说着一个渔家的悲壮故事。

猪头五牲石是祭奠海神的供品。

骑马石，裹藏的是"奔马救东京"的典故。

仙脚掌石，印证着神仙曾在此登天的传奇。

还有那大马峰、小马岭、仙人洞……数不清的景观，每一次的观赏都让我心旌摇荡。

登山看海，澳角是个葫芦形状的地方，东南北三面都被海水包围着。

那形态逼真的海上动物园——龙、虎、狮、象四兽屿如忠诚的卫士，守卫着澳角的东南海大门。

西北面是闻名遐迩的乌礁湾，西南面是碧波荡漾的澳角湾，这样就形成了一个 X 形的海滩。

在这两条彩锦丝绸般银色的沙滩上，有着变幻莫测的自然景观。

春夏两季，从南太平洋吹来的季候风，在南面海湾漾起波浪，一浪接一浪，一排接一排地涌上海滩。

在阳光的照耀下，色彩斑斓，赏心悦目，好像一群略带野性的舞女，扬起碧绿的舞裳，露出洁白的肌肤。她们极富挑逗性的狂舞，在大自然的舞台上，尽情地展示迷人的风采。

而北面的海湾波澜不惊，出奇地平静，像一个钟情的男子，在凝神地欣赏那撩人魂魄的舞蹈。

他确实被这曼妙的欢舞给陶醉了。

此时，凉风习习，海鸥阵阵，渔舟点点，浮礁、岛屿、蓝天、绿水，一览无遗。

秋冬两季，从西伯利亚席卷而来的东北季风，刮过北面的海湾。

海面上顿时波涛汹涌、白浪滔天，一簇簇波涛似一匹匹白鬃马在烽烟滚滚的阵地上冲锋，又像一条条巨龙在烟波浩荡的大海中翻腾。

浪潮卷起的轰鸣，如同贝多芬的《英雄交响曲》，在大海的乐池中，奏出激昂的旋律，震荡着天地。大海沸腾了。

我的心随之涨得满满的，思绪有如脱缰马，一泻千里。刹那间又宛如精灵，超脱了尘世，融入茫茫大海之中。

我睁开眼睛，看那南面的海湾，仿佛聆听到微微的喘息，似一位艳丽绝伦的女郎，含蓄的脸庞漾着灿烂的笑容。

微波荡起，一道道白色的浪花，嬉笑着，追逐着地向北漫去，刚触摸到岸边，又害羞地退回去。

这是一位怀春的少女，蕴揣着万千的柔情，因为被上苍阻拦，只能隔岸目睹北面她所钟情的男子展示出的阳刚之气和汹涌的激情了……

大海哺育我成长。

每当我漫步在沙滩上，就有一双柔软的手掌在抚摸着我的双脚，我好像踏着云彩飘浮着，又像在做着一个蔚蓝的梦。

图书在版编目（CIP）数据

大海总在寻找自己的源头 / 许海钦著. -- 武汉 ：
长江文艺出版社，2024.1

ISBN 978-7-5702-3476-9

Ⅰ. ①大… Ⅱ. ①许… Ⅲ. ①诗集－中国－当代
Ⅳ. ①I227

中国国家版本馆 CIP 数据核字（2024）第 006040 号

大海总在寻找自己的源头
DAHAI ZONG ZAI XUNZHAO ZIJI DE YUANTOU

特约策划：程增寿	扉页题签：陈联合
责任编辑：胡　璇	责任校对：毛季慧
装帧设计：壹道兔	责任印制：邱　莉　　王光兴

出版：长江出版传媒　长江文艺出版社
地址：武汉市雄楚大街 268 号　　邮编：430070
发行：长江文艺出版社
http://www.cjlap.com
印刷：湖北恒泰印务有限公司

开本：880 毫米×1230 毫米　　1/32　印张：7.75
版次：2024 年 1 月第 1 版　　2024 年 1 月第 1 次印刷
行数：5051 行

定价：58.00 元